GENTOSHA OUTLAW BUNKO

年上の女《ひと》

藍川京

幻冬舎アウトロー文庫

年上の女《ひと》

年上の女《ひと》＊目次

第一章　淫靡な記憶　7
第二章　人妻結花里　49
第三章　美夫人の館　93
第四章　偽りの愛撫　132
第五章　叔母の誘惑　170
第六章　裏切りの肌　222

第一章　淫靡な記憶

1

学校から帰って二階の勉強部屋に入ると、机の引出しにこっそり仕舞ってある叔母《おば》の写真を弘樹《ひろき》は真っ先に出してみる。

写真のなかの水着姿の叔母は、サングラスをかけ、大きな白いイヤリングをつけて笑っている。目鼻だちのはっきりした叔母の目が隠れているのは残念だが、ただでさえ人目を惹《ひ》く叔母が、憎いほどよく似合うサングラスによって、タレントかモデルといった感じに演出されている。

長い脚も引き締まった踝《くるぶし》も、ちょっとだけ左足を引いて脚線を美しく見せるポーズも、叔母の美しさを最大限に引き出していた。わざわざポーズをとって収まったというより、一瞬のスナップ写真の前で、考える前に自然にとれたポーズだろう。全体の線も表情もやわらかだ。

バックには紺碧《こんぺき》の海。

ミルクのいっぱい詰まっていそうな乳房が、ようやく白い水着に納まっている。その深い谷間を覗《のぞ》き見ようと、弘樹は写真の向きを変え、舌打ちした。

どこから覗きこもうと見えるはずもないのに、それでも、ついそんな滑稽《こっけい》なことを繰り返してしまう。

春に入学した高校は男子高で、学内にセーラー服の女生徒の姿はなく、叔母に対する思いはつのるばかりだ。

写真に写っている叔母の碓井《うすい》千詠子《ちえこ》は母の妹だ。二十九歳。独身で行動的で、まだしばらくは二十代にしか見えないだろう。服飾デザイナーとして活躍し、『CHIEKO』という事務所を銀座に持ち、スタッフをかかえている。

(もう二、三枚抜き取っておけばよかった。ほかの水着のやつもいっぱいあったのにな)

二十四枚撮りのフィルム十本分ほどのぶ厚い写真の束を持ってきた千詠子が、友人とオーストラリアに行ったときの土産話をしていったのは三カ月も前のことだ。

弘樹はほんのわずかの隙《すき》を逃さず、気に入った一枚を抜き取ってポケットに入れた。その一枚が消えたことに、千詠子はいまだに気づいていないだろう。

あのときはたった一枚でも水着の叔母の写真を手に入れたことで興奮し、有頂天になったものだ。今もそれを見るたびに熱くなる。だが、たった一枚しか盗めなかった後悔が日ごとにつのってくる。

（あんなチャンスなんてめったにやってこないんだぞ……それに、毎日ちがう水着で泳いでたんだ。ほかの水着のだって欲しかったのに……）

豊かすぎる乳房。エロティックにくびれたウエストと淫靡《いんび》な臀部《でんぶ》……。

あのとき、写真について一枚ずつ説明していく千詠子に、母の泰子《やすこ》は適当に頷《うなず》いたり質問したりしていたが、弘樹は日に焼けた叔母の胸元をチラチラと盗み見るのに夢中だった。旅行中水着に隠れていた大きな乳房は太陽の日差しとは無縁で、白い形に浮きあがって眩《まぶ》しいほどに際だっているはずだ。

その膨らみを空想すると、襟ぐりの広い、勘ぐれば、男を惹きつけるために着ているといってもいいベージュ色のTシャツは弘樹の視線のなかでたちまち透明になって、想像したとおりのまん丸いふたつのボールが現れ、中央にピンクを散らした甘そうな果実を浮き上がらせた。

『モデルさんみたいにスタイルがいいじゃない。子供を生んでないせいか、余計な肉がついてないからいいわね。そう思わない、弘樹？』

泰子の声に、弘樹は飛び上がりそうなほどびくりとした。相変わらず写真に視線をやっていた泰子に、弘樹の驚きは悟られなかったが、鼓動は大きな音をたてていた。千詠子の裸を盗み見ていたようなうしろめたさと恥ずかしさに顔が火照《ほて》った。

ふたりが見ていた写真に目をやると、熟《う》れた妖《あや》しい体型の浮かび上がったハイレグの水着をつけて笑っている千詠子がいた。Vの形に切れ上がったハイレグは、男を誘惑するための卑猥《ひわい》なデザインだ。Vの尖《とが》ったところに女の妖しい秘密の部分があるのだと、矢印で指しているようなものだ。

まだ見たことのない女の器官をそのハイレグのなかに瞬時に想像した弘樹の鼓動は、またドクッと大きくなった。あっというまに口中に唾《つば》がたまり、ふたりに飲みこむ音が聞こえてしまったらどうしようと不安になった。否応なくむっくりと肉棒も持ち上がってしまった。だが、ただの旅行の写真としか思っていない泰子と千詠子には、あのとき、そんな躰の変化は気づかれずにすんだ。

泰子は十八歳で結婚し、十九歳で弘樹を生んだ。姉より六つ年下の千詠子はまだ中学生だったことになる。

赤ん坊が珍しいのか、初めての甥《おい》ができて嬉しいのか、千詠子はよく家に来ては弘樹の面倒を見ていた。

千詠子に対するもっとも古い弘樹の記憶は、何歳ごろのものかはっきりしないが、いっしょに風呂に入っているときのものだった。

『ふふ、可愛いオチンチンねェ』

躰を洗ってくれるとき、いつも千詠子はシャボンにまみれた小さなペニスをつまみあげ、いじりまわすのだ。

『叔母ちゃん、オシッコが出ちゃう……あ……』

つままれてさほど時間がたたないうちに、いつも洗い場に放尿した。弘樹の前に跪《ひざまず》いている千詠子の躰に掛けてしまったこともある。それがまた千詠子には楽しくてしかたないようで、声をたてて笑うのだ。

それらの記憶が正しいのかどうか、弘樹は自信をなくすこともある。けれど、幼いときに叔母の手でペニスを触られたことだけは確かだ。

千詠子の手の感触を思い出そうとすると、ペニスは必ずいきり立ってくる。そんなとき、そっと側面に手を添える。千詠子の手のつもりだ。

『さあ、弘樹ちゃん、横になって。叔母さんが気持いいことしてあげる……』

勝手に想像した理想の言葉が、千詠子の声になって囁《ささや》きかけてきた。

ドアに鍵を掛け、弘樹はベッドに仰向けになった。

『叔母さんがズボン下ろしてあげるわ……トランクスも下げなくちゃね』

休む前のオナニーではないので、出かけている泰子が戻ってきてドアをノックする可能性もある。そのとき、さっとズボンを引き上げて顔を出せる体勢はとっておかなくてはならない。だから、つきたての餅のようなあたたかいやさしい叔母の手は、ベルトをはずし、ズボンとトランクスをいっしょに膝まで下ろしてとまった……。

ティッシュを四、五枚引き抜いて、弘樹は臍《へそ》の上に無造作に置いた。

剝《む》き出しになった下半身のペニスは九十度の角度を優に越え、腹にくっつきそうになっている。亀頭はすでに透明な粘液で濡れていた。

『まあ、元気なこと。弘樹ちゃんのペニス、頼もしいわ。叔母さんが触ったこと覚えてる。こうやっていつも洗ってあげたでしょ？　ほら、こんなふうにもしてあげたわ……』

自由に描いた理想の千詠子にそんなことを言わせながら、弘樹はペニスに手を添え、オナニーをはじめた。

男にしてはどちらかというとほっそりしている指も、叔母のしっとりした指に比べれば味気ない。その先の爪も、服に合わせてマニキュアを塗りかえる手入れされた叔母の爪に比べれば、丸っこいだけの色気のない男のものだ。それが、目を閉じればたちまちマニキュアを塗った叔母の指になる。

「叔母さん……ちゃんと覚えてるよ……これからもずっとしてくれるだろ？」

『ね、覚えてるの？』

『もちろんよ。最初はそっとね……』

ふた役を演じながら、弘樹は千詠子の姿を脳裏に浮かべてペニスを撫《な》でまわし、ゆっくりとしごきはじめた。亀頭のぬるぬるが、手の動きで伸縮する包皮にまぶされ、掌全体に広がっていった。

写真のなかの水着を着た千詠子が、いつしか覆っていたものを脱ぎ捨て、水着の形に白く浮き上がった乳房を近づけてくる。近づいた乳房はペニスに触れ、深い谷間に挟みこむと、ゆっくりと胸を揺するように動かしはじめた。

「ああ、叔母さんのオッパイあったかいよ……こんなことしてくれるなんて……」

とろけるような感覚が、ペニスの側面から足指や頭部の先までどっぷりと包んでいく。弘樹は指を組み、その両の掌の間でペニスを締めつけながら上下に動かしていた。だが、スローテンポでしごくのは最初だけで、じきに我慢できなくなり、きつく握りしめて激しく手首を動かしてしまう。

「ああ、気持いい……そんなに強くしないで……叔母さん……」

乳房に挟まれていたはずのペニスは、今は千詠子の熱い淫靡な手にしっかりと握られていた。

エネルギーが燃焼し、躰が急激に熱くなり、全身が汗ばんでくる。特に、尻と太腿の間はねっとりとべたついていた。

「叔母さん、イッちゃうよ……」

『だめよ、もう少し我慢しないと。ほら、気持いいでしょ』

唇を薄くひらいて耳元で千詠子が囁いているような幻想を抱きながら、そのまますぐにでもイッてしまいたいのを我慢して、ペニスをしごく手を強くしたり弱くしたりしながら、弘樹はふた役を演じ続けた。

イキそうになると手をとめて、千詠子にお預けを喰っているところを想像した。

「ああ、叔母さん……とめないでよ……」

『そんなにイキたいの？』

「うん、してよ。早く……叔母さん……」

しようがないわね、という顔をした千詠子が唇をゆるめる。成熟した女の唇は、少女の無《む》垢《く》な唇と同じ形をしていながら、淫《みだ》らさを漂わせているのはなぜだろう。少女の唇が植物なら、千詠子の唇はまちがいなくオスを引き寄せる動物のものだ。

「その唇で叔母さん……ね、キスしてよ」

ぬめついた千詠子の唇が丸くひろがり、弘樹に妖しい視線を向けながらペニスをすっぽりと口に含んだ。

「ああ、叔母さん……」

弘樹は亀頭にティッシュをかぶせると、ずれないようにそれごと側面を握り締め、右手でラストスパートの素早い動きをはじめた。

息が荒くなり、さらに体温が上昇してきた。一瞬のときを迎えるために、まっすぐ伸ばした脚を突っ張る。ソックスの先が天井を向いた。

目を閉じた弘樹は、躰の奥から迫《せ》り上がってくる熱い塊《かたまり》を感じた。脳裏にふたたび水着姿の千詠子の姿がクローズアップされ、射精の瞬間、水着は火の塊とともに弾《はじ》け飛び、一糸まとわぬ白い肌を弘樹の瞼《まぶた》の裏に焼きつけていった。

「あう！　叔母さん！　ん……」

全身がびくんびくんと痙攣《けいれん》し、ティッシュを突き破るほどの勢いでザーメンが迸《ほとばし》った。痙攣が治まると、弘樹はペニスに添えていた手をがっくりとシーツに落とし、しばらく天井を見つめてぼんやりしていた。

倦怠《けんたい》感とともに、ひとり芝居の虚《むな》しさも広がっていった。

（叔母さんがほんとに僕にこんなことしてくれたらどんなにいいだろう……）

弘樹が千詠子をオナペットにして頻繁に自慰をはじめたのは一年半ほど前からだ。

いつも潑剌《はつらつ》としているやり手の服飾デザイナーの千詠子は、そのころから急に世間に認められるようになり、それまでとは比べられないほど多忙になった。

弘樹の家は荻窪に近い杉並の阿佐谷南にあり、千詠子は同じ中央線の中野に近いマンションに住んでいるので、週に一度は必ずといっていいほど弘樹の家に顔を出していた。それが、このところの多忙さで、一カ月どころか、二カ月近くも顔を出さないときがある。

いつも来ていた千詠子の顔をあまり見られなくなると、弘樹は恋人を待つような心境で思慕を深めていった。

母の泰子は夫と特別ベタベタしているわけではないが、夫がいる以上、ほかの男には興味がないといった感じだ。

やれPTAだ、近所の奥さんと趣味のサークル活動だ、奉仕活動だと、ほとんど毎日外に出ているくせに、異性の知り合いはないに等しく、美人で身だしなみをきちんとしているとはいえ、男心をくすぐる化粧や服装ではなく、いかにも主婦という感じだ。

それに比べ、千詠子はちょっとした表情も蠱惑《こわく》的で、服飾デザイナーということもあるだろうが、小さなアクセサリーに至るまで隙がなく、年上だけではなく、けっこう年下の男の気も惹きそうな雰囲気があった。

多忙になるほど生き生きと輝き、美しくなっていく叔母に、弘樹は喜びと同時に不安を感じていた。

とうに結婚していておかしくないし、子供がいてもいい年だ。

これまでは、仕事が成功するまでは……ということで結婚を考えなかったようだが、今のように有名になってくれば、千詠子は美人だし、実力のある男がいくらでも近づいてくるだろう。

千詠子がほかの男といっしょに住むことを考えただけで、弘樹は絶望と切なさに身悶《みもだ》えしたくなる。

(叔母さん、ずっと独身でいてくれないといやだ……絶対結婚なんかしちゃだめだ……絶対だめだからね)

倦怠感から少し立ち直った弘樹は、ペニスにくっついてしまったティッシュを、剝くようにしてはがしていった。

泰子はなかなか帰宅しない。弘樹は空腹だった。もう七時だ。

(飢死しそうだよ。しょうがないなァ……)

冷蔵庫をあけてゴソゴソしていると、ようやく泰子が戻ってきた。

「ごめんね、弘樹。もっと早く帰れると思ってたんだけど」

「お腹ペコペコだよ。育ち盛りなんだからさ」

「そう言われると思って、おいしいお寿司買ってきたわ。だって、料理できるまで待てないでしょ。弘樹は二人前よ」

今晩は家事をさぼるつもりらしい。

三つ葉を散らした蛤《はまぐり》の吸物が出来るまで十五分もかからなかった。

父の和夫は企業戦士だ。五時で勤めが終わることなどなく、付き合いで午前様も珍しくない。内外を問わず出張も多いし、弘樹は母子家庭で育ったようなものだ。

和夫は朝食を食べていくが、夕食はほとんど家でとったためしがない。接待で外食ばかりだ。だから、最初から泰子は和夫の分は作らない。九時や十時に帰宅するのは、年に数えるほどだ。

「どう、おいしいでしょ？　角のお寿司屋さんで握ってもらったのよ」

確かにおいしい。だが、栄養のバランスはどうなんだと、学校から帰ってくるなりオナニーで体力を消耗したこともあり、少し不満だった。

今夜、もう一度寝る前に千詠子を思い浮かべながらオナニーすることになるだろう。

「叔母さんはちっとも来なくなったけど、もしかして、結婚相手でも見つかったのかもしれないね」

そんなことはないと思っているが、どうしているか知りたくて、さりげなく口にした。

「あの子が結婚なんてするはずないわ。仕事が楽しくてしょうがないのよ。今度はKホテルでコレクションをやるんですって。今ごろ、大忙しよ。小さいころから針と糸を持って、お人形さんの服作って遊んでいたくらいだし、今が人生最高のときなのよ」

「コレクションってファッションショーか」

「そうよ。新作発表会。自分のデザインした服を有名なモデルさんに着てもらって賑《にぎ》やかにやるんだから、熱も入るわね」

叔母が服飾デザイナーとして有名になっていくことに誇りはあるが、弘樹にとってはそれより、以前のように頻繁に顔を出してくれる方が嬉しかった。

しばらく会えそうにないとわかると、ますます会いたくなってしまう。

風呂から上がり、部屋に戻って勉強していても集中できず、ついつい千詠子の写真を出しては見入ってしまう。

物心つくかつかないかという微妙な時期に千詠子と風呂に入るたびペニスを触られた記憶が、もしかして半分ぐらいはあとから膨らんでいった想像だったとしても、小学校に入ってからの記憶には百パーセントの自信があった。

入学してまもなかったので、まだ六歳のときの記憶だ。そうすると千詠子は大学生。十九歳だったことになる。

泰子が外出し、留守を任せられたのをいいことに、千詠子は弘樹を裸にし、お医者さんごっこをはじめた。

とはいっても、ままごとというのではなく、何かの病気を脅しに、病院に行って注射されたくなかったら、私が調べて治してあげるといった、今考えると他愛ない言葉だったように思う。

風邪をこじらせて二、三日入院させられ、点滴を受けた経験のある弘樹にとって、病院とか注射という言葉は、それだけで十分過ぎる脅しになった。

『ママに言ったら病院に連れて行かれるから、私が治してあげたってことはないしょにしておくのよ』

千詠子はそんなことを言いながら、ソファーに仰向けにした弘樹の全身を観察しはじめた。

全身といっても、ほかのところはおざなりで、ペニスをつまみあげると、そこが病気だと言った。

『病院に行ったら、オチンチンが病気だから切られちゃうかもよ』

弘樹は泣きたいほどの恐怖に襲われた。

『だけど大丈夫。お姉ちゃんは魔法が使えるの。でも、ママに言ったらまたここが病気になって、もう治らないわよ』

さんざん脅されたあとは治療だと言われ、ペニスを引っ張られたり、袋を揉まれたりして、くすぐったいようでいて小水が洩れそうな妙な気持になった。

『オシッコ……』

風呂場ではないので洩らすわけにはいかない。少しなら堪《こら》えることもできるようになっている。それでも、それ以上触られてはソファーに洩らしてしまいそうだった
千詠子は弘樹をトイレに立たせると、横からペニスを指でつまみ、便器に向けた。

『オシッコといっしょに悪い虫が出てしまったら病気治るからね。いっぱい出してごらんなさい』

すぐに出そうでいて、つままれているため、出しにくかった。

勢いよく小水が出てくると、千詠子はペニスをつかんだ指先をじっと眺めながら、

『あ、いま虫が出ていったわ。弘樹ちゃんにも見えたでしょ？』

いかにもそうだという千詠子の言葉に、弘樹は単純にそれを信じた。

何の病気かわからないけれど、ともかく治ったのだと弘樹はほっとしたものだ。

それから千詠子はそんなことを二、三度繰り返した。

千詠子は病気を治す魔法が使えるのだと、弘樹は信じていた。

そのころのことをふっと思い出して、千詠子の行為に疑問を感じたのは中学になってからだった。

朝起きてはじめて下着の汚れに気づいたとき、急に千詠子を意識するようになった。そして、まもなく千詠子は多忙になった。

(叔母さん、昔のようにお風呂で躰を洗ってよ……病気も治してくれないかな……ココがムズムズするんだ……)

十年前の千詠子の手の感触を思い出そうとすると、またもやもやとしてきた。パジャマのなかに忍びこんだ手が動きはじめた。

2

玄関に入ると電話が鳴っていた。弘樹は急いで居間へと走った。

「はい」

息が弾《はず》んだ。

「いたの？　切ろうかと思ったところよ」

千詠子の声だ。一瞬のうちに鼓動が速くなった。

「叔母さん……久しぶりだね……」

「ちょっとだけ時間ができたから寄ろうと思うんだけど、お母さんは？」

高校時代の友達と会うと言っていたので、それほど早く帰ってくるとは思えない。だが、そう言うと、千詠子は、じゃあ、またにするわ、とでも言いそうだ。

「出かけてるんだ。だけど、じき帰ってくると思うから……」

「じゃあ、寄るわ。でも、すぐ帰るから」

すぐ帰るというのは味気ないが、会えないよりはましだ。

玄関に立った千詠子はボーイッシュに髪を短くしていた。顔が小さいのでよく似合っている。ますます若くなった。

シャツを押して高い山をつくっている豊かな胸。セクシーな唇。弘樹を見つめる視線に含まれた魅惑的な瞳の光。自分で欲望を始末するときに想像する叔母のぬめぬめした感じがいつになく強く伝わってきて、あまりの眩しさに見つめていることができず、弘樹はすぐに視線を逸《そ》らしてしまった。

蠱惑的とはいえ、いつもやさしい唇や視線だ。だが、ときおりそれらに意志の強さが表れることがあるのに弘樹は気づいていた。

長めの黒のスカートと肩先がほんの少し隠れるキャップスリーブの黒いシャツも、光沢のある綿が素材だ。スカートの上に出したシャツを、グレイのベルトでゆったりとしめている。長めの赤、青、黄、緑とカラフルなガラス玉のネックレスは千詠子がつけると嫌みではなく、地味な服の色を引き立てて垢抜けた飾りになっていた。

「叔母さん、久しぶりだね……」

「そう？　ついこないだ来たような気がしてたけど」

「二カ月ぶりだよ」

「あら、そんなになる？　忙しくて毎日あっというまに過ぎちゃうのよね。上がるわよ」

千詠子が歩くと、スカートの広い裾が揺れ動いて優雅だ。けれど、できるなら水着のときのように、すらりとした脚を見せてほしいと弘樹は思った。

それでも、むだ毛一本ないつるつるした剝き出しの腕にはうっとりした。千詠子が腕を動かすたびに、赤いマニキュアの指が動いて華麗だ。

見えそうで見えないくぼんだ腋《わき》はどんなふうになっているのだろう。わずかだけ肩を隠している服だけに、つい詮索したくなる。腋の繊毛は剃《そ》っているのだろうか。それとも抜いているのだろうか。永久脱毛とやらをしているのだろうか。それとも、最初から一本も生えていないのだろうか……。水着を着た旅行の写真に手を上げたものもあったが、きれいに始末されていた。

むさ苦しい男の腋窩《えきか》に比べ、女は腕のつけ根さえ官能的で、弘樹は欲望の対象にしてしまうようになった。愛らしくて何やら淫靡な腋のくぼみは、写真やテレビの一場面では見ることがあっても、実際に近くでまじまじと見る機会はない。千詠子の腕を押し上げてみたい衝動と昂《たか》ぶりを感じながら、弘樹はこみあげる思いを必死に抑えていた。

「叔母さん……コーヒーでいいんだね」

「ええ。お母さんはまだ？」

「うん。相変わらずいろいろ用をつくってさ、ほとんど毎日出てるんだ。帰ってくるまで待ってるんだろ？」

少しでも長く引きとめたかった。

「これからまた仕事なのよ。弘樹ちゃんの顔を見られたからいいわ。これ持ってきただけ」

差し出された箱にはケーキやプリンなどが十個ほど入っていた。

弘樹は小さい頃からパンプキンの菓子が好きで、千詠子はよく土産に買ってきたものだった。

「いただきものなの。でも、こんなにいただいてもひとりで食べるわけにはいかないし、パンプキンのトルテが入ってたから、すぐに弘樹ちゃんの顔を思い浮かべたの」

「じゃあ、ぼくのためにわざわざ来てくれたの？」

「そう。ママも甘いもの好きでしょ？　でも、パンプキンが入ってなかったらわざわざ来やしなかったわ」

　コーヒーを入れながら、弘樹は幸せだった。

（叔母さんはぼくのために来てくれたんだ……。パンプキンが好きだってことも覚えていてくれたし……）

　最近はすっかり忘れられていると思っていただけに、舞い上がりそうだ。

　キッチンから千詠子を見ると、千詠子はソファーから立ち上がったところだった。

　それから、うしろ向きになった千詠子は、右足をソファーに乗せると、前屈みになった。

　背中の方しか見えないので、最初は何をしているのかわからなかったが、やがて右足から抜いたストッキングをカーペットに落とした。それから、上げている右脚を下ろし、左脚をソファーの縁に掛けた。

　ストッキングを脱いでいるのだとわかっただけに、弘樹は目を凝《こ》らし、うしろからは見えるはずもないスカートのなかを何とか覗きたいと、好奇心と興奮でいっぱいになった。

片方ずつ脱いでいるということは、パンティストッキングではない。だが、女の身につけているものなど詳しくは知らない弘樹には、そんなことはどうでもよかった。千詠子が背を向けなければならないようなことをしているということが重要だ。

うしろ姿に目を凝らした。脚を上げている左の方のスカートが持ち上がっている。それがわずかなだけに弘樹は欲求不満になりそうだ。

（もっとぐっとまくってよ……ぜんぜん見えないじゃないか……）

前から見ればスカートのなかが見えるだろうか……。

ハイレグの水着のVの頂点に、これみよがしに隠されていた女の秘密の部分。秘密でいながら男を誘っているその部分……。

ハイレグのショーツ。スカートやシャツと同じ黒のショーツ。Vの切れこみが鋭すぎて、もしかして恥毛が一、二本はみ出しているかもしれないそこ。汗で湿った肌にぴたりとくっついているショーツと恥毛。くっついているというより、女のスリットに食いこんでいるかもしれないショーツ……。

汗の匂いと女の妖しい匂いがこもっているそこ……。

まだ知らない女の匂いが鼻先に漂ってきそうな錯覚さえ覚え、弘樹は眩暈《めまい》がしそうだった。

左のストッキングを抜いた千詠子は、それも床に落とした。

弘樹は喉を鳴らした。

そのとき、千詠子が唐突に振り返った。

目が合ったとき、弘樹はあまりの驚きに卒倒するのではないかと思った。必死に平静を装って脚を踏んばった。

「お行儀悪いでしょ。こんなところでごめんなさいね。伝線しちゃったの。穿き替えて行くわ」

また千詠子はうしろ向きになり、傍らのバッグから出した新しいストッキングを取ると、片方ずつ、背を曲げてつけていった。

弘樹はこんどは突き出された臀部が気になった。スカートに張りついた双丘は、腰がくびれているだけにデンと迫って迫力がある。それだけ大きな双丘を見ずに、女の秘部だけ見つめようとしていたことが不思議に思えた。さっきはお尻など見えなかった。今と同じ姿勢のはずだが、本当に見えなかったのだ。

臀部にもくぼんだ谷間があり、そこに隠れた排泄器官があると思うと、それが自分に向かって差し出されている格好だけに、弘樹はまともに蕾《つぼみ》を見せつけられているような気がして興奮した。前がだめならそこでもいい。ともかく隠されている部分ならどこでもいいから見たかった。ペニスがムクムクと動いて疼《うず》いた。

背中に弘樹の熱い視線があるのを、千詠子ははっきりと感じていた。

ガーターベルトで吊っているので、慣れているとはいえ、ストッキングをつけるのはちょっと面倒だ。長いスカートのなかでやっているので、弘樹からは見えないはずだ。

このところ、以前の弘樹とどこかちがう。それまで叔母と甥の自然な関係だと思っていたが、何か違和感がある。

（まさか、昔のことで……いえ、忘れてるはずよ……）

過去のことが脳裏を掠《かす》めた。

千詠子は泰子と女ふたりだけの姉妹ということもあり、男の子が珍しかった。

十三歳のとき弘樹が生まれた。裸の小さな赤ちゃんには小指ほどの可愛いペニスがついていて、自分にも姉にもないだけに、千詠子はそこだけが異常に気になった。

父親といっしょに風呂に入った記憶を辿っても、弘樹のものとどことなくちがう。はっきり父のものを覚えているわけではないが、弘樹のものは玩具にしたくなるほどかわいかった。

だから、自分の持っていない玩具に触るため、千詠子は暇さえあれば高橋家に通い、弘樹の子守をした。

『お姉ちゃん、買物に行ってきたら？　弘樹は見ててあげる』

『お姉ちゃん、たまには映画にでも行ってきたら？』

『お姉ちゃん、美容院に行っていいわよ』

赤ん坊がいては動けないでしょう、というように、千詠子は姉思いを装っていつも子守を買って出た。

『女の姉妹はいいわ。男だったらこうはいかないわよね。助かるわ。弘樹は可愛いけど、一日中ついてないといけないから、たまには息抜きでもしないと育児ノイローゼになりそうになるのよね』

泰子は単純に喜び、弘樹を預けてときどき外出した。

そうなると千詠子はうきうきしながら弘樹を裸にし、股間にちょこんとついている幼い男のシンボルをいじりはじめるのだ。

千詠子が触ると、小さなペニスは風船に空気を吹き込むように根元の方からわずかに膨張してきて、たちまちホースの先から小水をまき散らした。それがまたかわいくてならなかった。

だが、弘樹が三歳になろうとするとき、

『この子、尿道炎じゃないかしら』

泰子が不安そうに首をかしげた。

『オシッコをするとき泣くのよ』

千詠子は目の前が真っ暗になった。自分がいじったために弘樹がおかしな病気になったとしたら、この先どうしていいかわからない。

ペニスを触りすぎたためだとでも医者が泰子に言ったら……。犯人が自分だとわかってしまったら……。そんなことまで考え、激しい羞恥《しゅうち》もこみあげてきた。

それまで、淫靡でうしろめたい気がしなかったわけではなかったが、いっしょに風呂に入ってシャボンをたてて洗ってやるときは楽しくてしかたがなかった。

千詠子は勝気なところがあり、男と喧嘩をしてほっぺたを叩いたこともあるほどだが、弘樹が尿道炎かもしれないと言われると不安に押し潰されそうになり、つい泣き出してしまった。

驚いたのは泰子だった。

『気のせいかもしれないの……大丈夫よ。私、新米だから、わからないことばかりなの。心配しなくていいわよ……明日、病院に連れて行ってみるから。きっと大丈夫よ』

いつも弘樹の面倒をみている千詠子だけに、心底甥を愛して心配してくれているせいだとしか泰子は思わなかった。

その夜、千詠子は不安で眠れなかった。翌日、取り越し苦労だったと泰子から電話があったとき、安堵《あんど》に躰の力が抜けていくようだった。

ようにした。
それからは泰子の留守に弘樹を裸にすることがあっても、できるだけペニスには触らない

そのころの記憶は、幼すぎた弘樹には残っていないはずだ。だが、小学校に入学してまもないときのことは覚えているかもしれない。

そのころは、なかなか可愛いペニスを見る機会がなくなっていた。触るのは怖いが、小さなシンボルには依然魅力を感じていた。

それで、ついに我慢できずに、弘樹を脅して久しぶりに触ってみることにした。小学生になったからには、ほんのちょっと触ったぐらいでは危険なことはないだろうという思いがあった。

そのまま弄《もてあそ》んでいると取り返しがつかないことになるのではという恐怖に取りつかれ、ずっと我慢していたのだ。

泰子に留守を任せられたとき、千詠子は病気を治してやると言って弘樹を裸にした。他愛ない言葉だったが、弘樹は不安そうな顔をして、言いなりだった。

ソファーに仰向けにした弘樹の全身を久しぶりに観察するときは昂ぶった。

ペニスは以前より大きくなっているものの、やはり細い竹の子の先のようで可愛かった。

かつてのように楽しい面白い遊びをしているという感じではなく、淫らなことをしている

と実感した。治療だと言って、ペニスを軽く引っ張ったり、袋を揉んだりもした。

『オシッコ……』

そう弘樹が言ったとき、トイレに立たせ、小さなペニスを二本の指でつまんでさせた。

『ほら、悪い虫が出ていったわ。よかったね。ママにはないしょよ。言ったら病院でお注射されちゃうんだから』

弘樹がほっとしているのがわかった。

それからも千詠子は何度かそんなことをした。だが、いくら口止めしているとはいえ、六歳か七歳の子に約束を守ってもらえる確証はない。そのころ千詠子に恋人もできた。それで何とか弘樹相手の悪戯は終わりを告げたのだ……。

千詠子の一方的な秘密の遊びについては、泰子からも何も言われたことはないし、弘樹もずっとお姉ちゃんと言って懐《なつ》いていた。それで、とうにそのことは忘れていると思っていた。

弘樹が千詠子のことを叔母さんと呼ぶようになったのは一年半ほど前からだ。オバサンという言葉を聞くと、いかにも年とっているようでいやだった。

『オバサンじゃないわ。お姉ちゃんでしょ』

そう抗議したが、弘樹はある日を境にお姉ちゃんと呼ばなくなってしまった。

ま、いいか、格好悪いオバサンの方じゃなくて、母の妹って意味の叔母さんなんだから。

千詠子は溜息をついて納得するしかなかった……。

コーヒーの薫りが満ちてきた。

千詠子は伝線したストッキングを、新しく穿いたストッキングの入っていた袋に入れてゴミ箱に捨てた。

目をはずせるはずもない弘樹は、千詠子の動作を相変わらず盗み見ていた。千詠子がストッキングらしいものを捨てたときは、心が騒いだ。

（捨てた物を帰りに持って行くなんてことないよな……）

今なら肌のぬくもりも残っているだろう。弘樹は今すぐ、それを手にして頬にすりつけたかった。千詠子の匂いも嗅いでみたかった。

ゴミ箱のストッキングのことで頭がいっぱいで、コーヒーの受け皿をテーブルに置くとき手が震えそうになった。

「弘樹ちゃん、食べてちょうだい。高校生になったからって、パンプキンが嫌いになったわけじゃないでしょ。このお店のお菓子はおいしいのよ」

「うん、知ってるよ」

弘樹は慌てて箱のなかからパンプキンのトルテを取って皿に載せた。

「パンプキンのアイスクリームもよく食べたわよね。そういえば、パンプキンパイを作ってあげたこともあったわ。覚えてる？」

「ああ、覚えてるよ、叔母さん。このごろ作らないの？」

「仕事が忙しくって」

「ぜんぜん泊まらなくなったね。たまには泊まればいいのに。相変わらずここは母子家庭みたいなもんだしさ」

つい今しがたまでの千詠子に対する卑猥な妄想にうしろめたさを感じ、弘樹は目を逸らしそうになった。

「パパは出張で今夜も帰らないんだ。ママの話相手になってやると喜ぶよ」

「そのうちにね」

他愛ない話をしていると、昔の弘樹と同じようだ。

（気のせいだったかしら。自意識過剰になっちゃったかな……）

千詠子は内心苦笑した。

最近は男達の視線が熱い。テレビや雑誌に顔を出すようにもなったし、四六時中、みんなに見られているような気がしてならない。

（弘樹ちゃんはいつまでたっても、私にとっては赤ちゃんみたいなものだわ……）

トルテをおいしそうに食べている甥を見ながら、千詠子は小指のように小さかったペニスを思い出してフフッと笑った。

「どうしたの？」

「弘樹ちゃんの赤ちゃんのときのことを思い出したの」

「どんなこと……？」

「オムツ替えてあげてたのに、こんなに大きくなっちゃって。あんなに小さかったのに」

弘樹は少し赤くなった。

こんなに大きくなっちゃって。あんなに小さかったのに、という言葉に、勃起するようになったペニスを重ねてしまった。

それに、マスターベーションのとき、いろいろなことを想像するが、赤ん坊になって、千詠子にオムツを替えてもらいながらやさしくしてもらうというのもあった。

思い過ごしだろうが、何もかも千詠子に知られているような気がした。

「よくお風呂にも入れてあげたんだけど、覚えてる？」

昔のことを弘樹が覚えているかどうか気になって、千詠子はさりげなく尋ねた。

「あんまり覚えてないんだ。ごめんね……」

弘樹は咄嗟に嘘をついた。

「小さいときのことって忘れちゃうものよね……」

淋しい気もしたが、どちらかと言うと千詠子はほっとしていた。

「叔母さんにさんざん面倒みてもらったってママに聞いてるけど、小さいときのことってなんだかぼんやりしててさ……いつもいっしょにいたって感覚だからかな……」

小学校に入学してからされたことを口にすると、千詠子は来なくなるかもしれない。けれど、本当は、記憶がどれだけ正しいのか確かめてみたい気もした。もし記憶が正しいとすれば、またあの日のようにして……と言ってみたい。

（ぼくを触ってほしいんだ……叔母さん、好きだよ……毎日毎日叔母さんのことばかり考えてるんだ……）

千詠子の目を盗んで胸の谷間に視線を這《は》わせるたびに、パンプキンのトルテが喉《のど》に詰まりそうになった。

ゴミ箱にもちらちら目をやった。

（帰るとき、叔母さんが持って帰りませんように）

弘樹は祈った。

捻り潰された紙袋には、まちがいなく叔母の肌を包んでいた薄いストッキングが入っているはずだ。

千詠子は上品な白い器に入ったプリンを食べていた。

うつむきかげんのときの長い睫毛《まつげ》を、弘樹は唇で挟んでみたい気がした。だが、何より、しなやかな指とセクシーな唇に惹かれた。

「叔母さん、ときどきおいでよ。ママが淋しがるからさ……」

「淋しがりはしないわよ。いろいろやってるんでしょ」

「でも、淋しいからいろんなことをやってるんじゃないのかな……」

「そうね、わかったわ。また時間を見つけて来るようにするわ」

コーヒーを飲み終わった千詠子は早々に帰っていった。

3

玄関まで千詠子を送った弘樹は、踵《きびす》を返して居間のゴミ箱まで走った。心臓が張り裂けそうなほど興奮していた。

伝線したストッキングの入った紙袋を取るとき手が震えた。雑巾を絞ったように捻れている袋を捻り戻し、口をあけた。

「あった！」

思わず叫んでいた。

薄いベージュ色のストッキングの端をこわごわつまみ上げると、脚の形に丸みをおびた曲線が空《くう》に浮かんだ。踵と膝の部分がはっきりとわかる。

もう一方も持ちあげた。それではじめて、足の膝あたりの部分に、一センチほど伝線している箇所があるのを見つけた。

ときどき、スカートの裾から足元まで大きく伝線したストッキングを知らず穿いている女性を見かけることがある。

それなのに、たった一センチの伝線で、しかも、長いスカートのきょうの千詠子では、それが人に見えるはずもないのに、きちんと穿き替えていったことに弘樹はますます叔母を尊敬した。

「叔母さんのストッキング……」

貴重なものを置いていってくれたことに感謝した。

淫靡な思いを抱きながら、爪先の部分に鼻を近づけて匂いを嗅いだ。

「ああ……叔母さんの足の匂い……」

学校の靴箱に漂う男達の汗臭さも、蒸れた匂いもなく、ヒールの革の匂いとわずかに甘やかな匂いが鼻腔に触れた。

足の匂いがこんなにほんのりしているのなら、ほかの部分はどんなにいい匂いがすることだろう。いつもかすかに感じていた甘い匂いは香水とばかり思っていたが、もしかすると千詠子の肌の匂いなのかもしれない。

弘樹は何度も左右交互にストッキングの匂いを嗅いだ。鼻息が荒くなり、股間も熱い。ズボンを押すペニスが痛かった。

さっそくオナニーをはじめようとして、コーヒーカップが目に入った。かすかにカップの縁についている赤い口紅に、またも弘樹は昂ぶった。

カップを取ると、そこに口をつけてみた。押しつけたまま舌を出して舐めまわした。

千詠子の座っていたソファーにも頰をつけて匂いを嗅いだ。

「どうしたんだ……どうしたんだろう……たまらないよ、叔母さん……」

泰子がいつ帰宅してくるかわからない。弘樹はストッキングと千詠子のカップを持って部屋に籠った。

両方のストッキングを並べてシーツに載せた。

「こんな薄いストッキングなら、穿いたって穿かなくったっておんなじじゃないのかな。叔母さん、きれいな脚してるんだし……」

泰子の穿いているパンティストッキングよりずっと薄いようだ。そう思ったとき、ようやく両方がくっついていないことに気づいた。

「そうか、これ、パンストじゃないんだ……ということは……どうなってたんだ？」

太腿の部分がそれほど締まるふうでもないし、穿いてもずり落ちてしまいそうだ。

弘樹はガーターベルトに対する知識はなかった。若いので、一昔前の輪になったカラフルな靴下どめのことも知らない。

立ち読みした雑誌でガーターベルトをつけた女性を見たことはあったはずだが、まだ千詠子のストッキングと結びつけることができなかった。

ストッキングを手に入れたことに満足し、頬や首に押しつけたり滑らせたり匂いを嗅いだりしていた弘樹は、パンティストッキングのように股の部分があればよかったのにと思った。

またストッキングをベッドに置いた。

そのとき、なぜ長いスカートを穿いていた千詠子に、隠れている膝の部分の伝線がわかったのだろうと考えた。

（そうだ！　トイレだ……きっと、トイレでオシッコするとき便器に座って、それで見つけたんだ！）

小水をしている千詠子を想像すると、弘樹は鼻血が出そうだった。

白い大きな臀部を剝き出しにして座るのだろうか。膝は少しぐらいひろげてするだろうか。きちんとくっつけてするのだろうか。どんなふうにしぶきは噴き出すのだろう。どんな音をさせてするのだろう。膀胱が空っぽになるまでどのくらいの時間かかるだろう……。

「叔母さん！」

九十度ほど脚を広げた格好にストッキングを置くと、弘樹はズボンとトランクスをずり下げ、ティッシュを引き抜いた。

「ああ、叔母さん……こんなになっちゃったよ……どうにかしてよ……叔母さん……」

日に日に募《つの》ってくる千詠子への思いを、弘樹はどうしていいかわからなかった。

過去の淫靡な記憶は、最近急に甦《よみがえ》ったわけではなかった。以前は、淫靡な、という認識さえなかった。

泰子が母として弘樹を毎日風呂に入れたり、オムツを替えたりするのが当然だったように、千詠子に裸の躰を触られることも別段意識することではなかった。

ほとんど毎週訪ねてきていた千詠子をお姉ちゃんと呼んでいたように、いっしょに住んでいる家族の一員のような感覚で接していた。

それが、あまり顔を見せなくなると、千詠子は泰子と姉妹ではあっても、弘樹とは叔母の立場で、いっしょには住めないよその人だということを認識せざるを得なくなった。

千詠子は弘樹が中学二年生のころから多忙になってきた。ちょうど彼の思春期とも重なって、弘樹は千詠子をやけに意識するようになった。

すると、幼い自分に触れていた千詠子の行為が徐々に妖しく思え、苦しいほど迫ってくるようになった。

千詠子は「お姉ちゃん」ではなく、ひとりの女になった。お姉ちゃんではないという思いから、故意に「叔母さん」と呼びはじめた気がする。

弘樹は硬くなった肉棒をぐいっと握りしめた。

「叔母さん、好きだ……だけど、トイレに座ってるそんな恥ずかしい格好で、よくぼくを見れるね……そのままでいいから触ってよ……えっ？　ぼくに便器の前に跪けって言うの……そうだね、そうしないと叔母さんの手が届かないね……わかったよ、跪くよ……」

ベッドの縁の床に膝をついた。便器を跨《また》いでいる千詠子と向き合っている弘樹は、まだ見たこともない〝女〟を見ようと、ストッキングとストッキングの間のシーツに顔を埋めた。

そんなうずくまったような不自然な格好のまま、床についている膝とベッドにもたれた上体で体を支えながら、ペニスをしごきたてた。

「ああ、気持ちいい……やさしくして……」

じっとり汗が滲《にじ》んで息が荒くなった。

「ああ、だめだよ……もうだめだよ、叔母さん……」

弘樹のペニスを千詠子が弄び続ける。けれど、さして時間もたたないうちに、千詠子のスリットから小水が音をたてて噴き出した。そのとき、亀頭のあたりに置いていたティッシュに向かって、濃い精液が迸り出た。弘樹の総身が痙攣した。

「あぁう……叔母さん……」

掠れた声で呟《つぶや》いた弘樹は気怠い躰を起こすと、ティッシュを引き抜いてペニスを拭いた。シーツのティッシュは、持ち上げると重かった。幾重ものティッシュから染み出したザーメンは、わずかにシーツを濡らしていた。

股を広げたようになっているストッキングを持ち上げると、部屋の整理箪笥《だんす》のいちばん下に、丸みを帯びた千詠子の脚の形が崩れないように、そっと両方並べた。

「叔母さんがオシッコするとこ見ちゃった……ホースがないのにどうやって出るの……今度はもっとよく見せてね……」

うっとりとストッキングを見つめて引出しを閉めると、まだわずかに紅のついているコーヒーカップに口づけした。

(いつか叔母さんのステキな唇にキスしたい……きれいな脚にも触れたい……全部、どこもかしこも触りたい……)

大人に近づいていくことが恨めしかった。思慕を深める弘樹と反比例して、年を重ねるだけ千詠子は自分との距離をつくっていくような気がしてならない。「お姉ちゃん」と呼んでいたころが懐かしかった。

かつては当然のように、弘樹の家に来るたびに泊まっていた千詠子。それがこんなになるのなら、もっと注意深く千詠子を観察し、千詠子のものならどんな些細なものでもコレクションしたのにと、毎日のように後悔するようになっている。

(伝線したストッキングなんか、叔母さんはこれまでうちのゴミ箱に何足も捨ててきたのかもしれない……お風呂に入ったあと、脱衣場か洗い場に、叔母さんのアソコの毛だって落ちていたにちがいないんだ……どうしてもっとよく見てなかったんだ……もっと興味を持たなかったんだよ……)

あとの祭りだ。

千詠子が成功して有名になるのは弘樹にとっても嬉しい。だが、それによって会えなくなるのは我慢できない。

有名になって、しかも、以前のように頻繁に顔を出して泊まってくれなければ困る。そして、恋をしてほかの男を好きになったりするのはなおさら困る。絶対に阻止しなければならないと思った。

玄関のあく音がした。

弘樹はびくっと身を竦《すく》め、慌《あわ》ててベッドを整えた。精液の匂いが籠っていないか気になった。

　泰子がやってこないうちにと、部屋を出てリビングに下りた。

　テーブルに載ったケーキの箱は蓋があいたままだ。千詠子のストッキングを手に入れた興奮に、さっきは一直線に部屋に駆けこんだ。片付けることなど念頭になかった。

「何、このケーキ？」

「急に叔母さんが来てさ、貰いもののケーキだけどって、置いていってくれたんだ。ひとりじゃ食べきれないからって。ぼくの好きなパンプキンのトルテが入ってたからって……でも、すぐに帰っちゃったんだ。ママが帰ってくるまでいたらって言ったんだけど……」

　千詠子が帰ってからの行為を思うと、しどろもどろになった。

「お行儀悪いわよ。ケーキの箱はあけっぱなし。弘樹らしくないじゃない」

　何をしていたか見透かされているのではないかと、弘樹は恥ずかしさにじっとり汗をかいた。

「もうひとつ食べようかと思っていたとき、友達から電話がかかってきたんだ……数学の問題で聞きたいことがあるって言うもんだから、ノート見なくちゃならなくて、それで、切り替えて部屋の電話で話してたもんだから……すぐに終わると思ったんだ……」

　言い訳が長くなればなるほど怪しまれる気がして、なおさら追い込まれていくようだった。

「で、元気そうだった？」

弘樹の言い訳などどうでもいいというように、泰子は話題を変えた。弘樹はほっとした。

「うん、叔母さんの格好、なかなか決まってたよ。また美人になったみたいだし」

「まあ、弘樹ったら、少しは美人がわかるようになったの？　千詠ちゃんはママとそっくりとよく言われたものよ。ママのことはどうなのよ」

「美人だけどさ……」

「だけど何なの？」

「別に……」

「美人だけどいつまでもひとりじゃね……ママとしては、もうじき三十になる妹に彼氏のひとりもいてほしいと思ってるのよ。それなのに、仕事だけが恋人だなんて言って、いつまでたっても結婚しそうにないし、困ったものよ」

溜息をつく泰子と反対に、弘樹は嬉しかった。一生、独身でいてほしかった。

その夜、部屋に鍵を掛け、またストッキングをベッドに置いた。匂いを嗅ぐと、ペニスがビクンと立ち上がった。

無傷の方のストッキングを手に取ったが、それが右脚なのか左脚の方なのかわからなかった。

弘樹はこわごわ右足を入れてみた。あまりに薄くて、すぐにも破けてしまいそうだ。ほんの踝まで入れ、ベールに覆われたような甲をさすってみた。

「何てつるつるしてるんだ……叔母さんの脚を包んだストッキングって何て幸せなんだろう。でも、叔母さんはストッキングなんて穿かない方がいいんだ……水着の叔母さんのあの剝き出しの脚を触ってみたい……」

かつては裸の千詠子といっしょにいられたのにと、大きな溜息が出た。

水着の写真と千詠子が口をつけたコーヒーカップとストッキングをまわりに置いて、また弘樹は千詠子との空想の世界を描きながら、狂おしい気持で欲望を処理しはじめた。

第二章　人妻結花里

1

学校帰り、駅の近くで、弘樹は何度か見かけたことのある美貌の女性が、数メートル先を歩いているのに気づいた。ちらりと横を向いただけでその人とわかった。

昔絵本で見たことがある天女《てんにょ》の羽衣《はごろも》を連想させる軽やかな白地のワンピースには、藤色のやさしい花があしらわれている。歩くたびに裾がふわりと舞い上がった。

千詠子と対照的な背中まであるやや栗色の髪も、波を描いてボリュームがあった。ほっそりした脚を乗せた左右の白いハイヒールが、道路の見えない一本の線上を上品にまっすぐに進んでいる。

(どこの人だろう……)

じっと鑑賞していたくなる。一度会っただけで忘れられなくなってしまった。

これまでの感じでは、二十四、五歳というところだ。裕福な家庭の、稽古《けいこ》ごとでもしながら暮らしているお嬢さんではないだろうか。

自然に後を追う格好になった。

その女性はもう横顔を見せることもなく、まっすぐに歩いていった。

久しぶりに出会ったというのに正面から顔を見ないままでは中途半端で、もやもやしてしまいそうだ。弘樹は先まわりしてでも顔を見たくなった。

不自然にならないように、足早に歩いて少し追い越す。それからコンビニか本屋に立ち寄る振りをして後から来ることになる女性の顔をじっくり見るのはどうだろう。

(よし、そうしよう……)

横を通り過ぎるとき、緊張した。

あるかなしかの風に漂った甘い香水の香りが弘樹の鼻腔をくすぐった。いい匂いだと思ったのもつかのま、いざ追い越してしまうと、うしろから女性に見つめられている気がして落ち着かなくなった。

なかなか立ち止まることができず、百メートルほど先の本屋でようやく足をとめると、道路側に出ている週刊誌の棚に手を伸ばした。そうやって、女性の歩いて来る方向をちらりと眺めた。

（あれ……いないぞ……）

　ここまでまっすぐに歩いてくるとばかり単純に考えていたが、横道に入ったらしい。何本も横道はある。左右どちらに曲がったのか。それも数本の道のどこを……。

（しくじったなァ……）

　他愛ない作戦など練らずに、おとなしくあとをついていけばよかったのだ。

（いや、今から探せば追いつくさ）

　女のさして速くない歩調だけに、弘樹は思い直して後戻りした。

　なぜ汗を流してまで必死に彼女を探しているのか、弘樹にも自分の気持がつかめなかった。

　ただ正面からのきれいな顔を見てみたいというだけなのか、ほかの好奇心なのか、ともかく弘樹は探すしかないという自分の内なる指令に従って、ひたすら駆けまわった。

（だめだ……見失ったらしいな……ドジだなァ……）

　ぜいぜい息を切らしながら、やがて弘樹は諦めて帰途についた。

　家には、きょうも泰子はいなかった。

《お友達と銀座に出かけます。夕食までには帰ってきます。

　おやつのパイを食べてね。　　　ママ》

　こんなときに千詠子がやってくればいいのにと、あれから十日もたったことをカレンダーで確かめながら、弘樹は溜息をついた。

（叔母さんのことばかり考えているのに、どうしてさっきはあの人を探したんだろう……叔母さんがぼくを相手にしてくれなくなったからだぞ。叔母さんの馬鹿野郎！　どうしてもっと来てくれないんだよ……）

やけに腹が立った。あたりかまわず物でも投げつけたい気持だ。いつもなら溜息をついたり、淋しくなったりと、陰鬱《いんうつ》な気分になるのだが、弘樹は珍しく苛立《いらだ》っていた。

千詠子が来ないだけでなく、さっきの女性を見失ったこともあるが、十六歳という若々しい男の躰が、女を求めているのかもしれない。

（ぼくは欲求不満なんだ……叔母さんが欲しいんだ……叔母さんに触ってもらいたいんだ。叔母さんにキスしたいんだ……）

ペニスがいきり立っていた。

弘樹は二階の部屋に駆け上がると、整理箪笥のいちばん下の引出しをあけ、千詠子のストッキングを手に取った。

「叔母さん、何とかしてよ。ぼくを助けてよ、叔母さん……」

ズボンを下げた弘樹は、千詠子が穿いていたときの脚の形のままで保っていたいと大事にしていたストッキングをペニスに巻きつけた。

薄い素材はやわやわとして、これまでのどんな布地よりあたたかく感じた。そんなもので年中脚を包んでいる女性というものが、やはり弘樹にとっては特別に尊敬すべき存在に思えてくる。

生まれついたときから女は男より高貴なものに守られて生きているのだ。その女の身につけるストッキングを欲望に巻きつけたことで、とろけるような甘美な気持に包まれた。

すぐに鈴口から透明な粘液が滲み出し、ストッキングを濡らした。

「叔母さんの手でココを触ってもらいたいんだ。だけど、足でもいいんだ。何でもいいんだよ。触ってくれさえすればいいんだ。してよ、叔母さん」

弘樹はいつもの空想に浸りながら、ストッキングに包んだペニスを手でしごいた。

千詠子はグラマーな総身をストッキングのようなぴったりした薄い衣で包んでいた。

『弘樹ちゃん、こんなふうにしてほしいの？』

ペニスを握る千詠子の手も、羽のような肘の上まであるアーム・レングスふうの手袋に覆われている。ショーツ一枚身につけていない肌に密着した薄い衣をつけていることで、千詠子はやけにエロティックだった。

薄い衣ごしに透けている乳房や恥丘は、裸体をガラスに押しつけたような妖しさで弘樹の脳髄に迫ってきた。ぺたりとした黒い翳《かげ》り。やや押しつぶされている乳房と乳首……。

『叔母さんにこんな格好させるなんていけない子。私の裸を忘れちゃったのね。だからこんなもので包むんでしょ。裸の叔母さんがどうなってるのかわからないのね』

「知ってるよ。いつもいっしょにお風呂に入ってたじゃないか。知ってるよ！」

弘樹は薄い衣を裂くように破いていった。噎《む》せるような肌の匂いが弘樹の鼻をついてくらくらとさせた。匂いだけで胸がいっぱいになり、千詠子の裸体を見る前に、視線は霧のようなもので遮《さえぎ》られ、エロティックな姿が消えていく……。

「叔母さん、どうして消えちゃうんだよ……」

『消えてなんかいないわ。覚えてないのね？』

「覚えてるさ。ちゃんと覚えてるよ。覚えてるからしてよ。叔母さんのこと考えると、ペニスがこんなに大きくなるんだ。出しちゃわないと苦しいんだよ。勉強なんてできないよ。毎日してよ」

『毎日してあげてるじゃない。ほら、こうやって気持よくしてあげてるわ。どう？　もっとなの？』

霧のなかからふたたび姿を現した千詠子の視線はやさしかった。

弘樹は薄くひらいた千詠子の唇にキスをした。肌を覆っていた衣の消えた豊かな乳房に顔を埋め、乳首を吸った。

秘園にも顔を埋めたいがそこは未知の部分で、いったいどうなっているのか具体的にはわからない。ペニスの入りこむことができる秘裂がどんな形をしているのか、もっとも感じるというクリトリスが、どこにどういう形でついているのか……。それで、いつも弘樹は千詠子に甘え、千詠子の手でイカせてもらう受身の形になってしまう。

耳元で千詠子に囁かれながら射精するときの恍惚感は最高だ。だが、射精したあとの現実に戻ったときの倦怠感と侘《わび》しさ。最近の弘樹は、日に二度も三度もそれを味わっていた。

『さあ、イキたいんでしょ？　イッていいわ』

やさしい微笑の奥でわずかに残酷な視線を宿した千詠子が、弘樹のペニスを握った手の動きを速めた。

口をあけて喘《あえ》ぐ弘樹は、やがて大きくはぜて痙攣した。

千詠子のことばかり考えているくせに、下校時間になると気品漂う美しい女性のことも気になるようになった。

二、三日前にうしろ姿と横顔しか見られず、正面から顔を見てやろうとして、結局は見失ってしまった半端な気持があとを引いているのかもしれない。

電車を下りると、その女性をこれまで見かけた商店街あたりで三十分ばかりウロウロするようになった。

それで会うことができなければ帰宅し、千詠子を思い浮かべながら少し腹を立ててオナニーをはじめるのだ。

以前は腹を立てることなどなかった。弘樹の欲求不満は日に日につのっていく。限界にきているような気がして、これ以上千詠子の想像だけでは我慢できないように感じることもあった。

それでも、泰子の前では今までと同じ弘樹を演じ、学校でもおとなしい真面目な生徒を演じていた。その反動が大きく、そのうち、よからぬ問題を起こすのではないかと、自分が怖くなることもあった。

（あと五分だけ待ってみるかな……）

三十分ウロウロしたあと、もう少し待ってみることにした。

彼女は裕福そうに見えるし、どこかに勤めているという感じではない。稽古ごとやちょっとした買物などで外出するのだろうから、定刻に現れる可能性などほとんどないのだ。だから、今度こそ後をつけてどこに住んでいるのか確かめたい。そうすれば、こうやって待つこともなく、会いたければいつでも自宅をこっそり覗けるというわけだ。

そろそろ諦めようと思ったとき、淡いピンクのスーツを着たあの女性が、ブティックの紙袋を下げてやってきた。

買物にでも行って、新しいワンピースかブラウスでも買ってきたのだろう。

弘樹の方に向かってくるところだったので、卵型の色白で上品な顔を存分に眺めることができた。

それでも、じろじろ眺めているのを気づかれて不審に思われてはまずいので、靴屋の表に出ている安いシューズを見ている振りをした。

いかにも控え目なうつむきかげんの視線だ。着物の似合いそうな一重瞼。すっと通った鼻筋と小さめの唇。ほっそりした首。理知的で育ちのよさが表れている。

歩き方を見ているだけでもしなやかだ。それだけで、彼女の口から出てくる声や言葉を想像できるような気がした。

(毎日何をしてるんだろう……)

弘樹の視線に気づかずに確実に近づいてくる女性の秘密のベールの内を、ほんの少しでも覗いてみたかった。

女性が三メートルほどのところまで近づいたとき、弘樹は背を向けた。

ヒールの音で背中を通りすぎたのがわかると、きょうは絶対に失敗しないぞ、と言い聞かせながら尾行を開始した。

ミニタイトから伸びた脚はほっそりしてきれいだ。

（叔母さんとどっちがきれいだろう……）

モデルのようにスマートに歩いていく女性を、弘樹は千詠子と比べていた。

ふたりとも綺麗だが、雰囲気はぜんぜんちがう。それぞれが別々の美しさを持っている。

この女性が白百合なら、千詠子は赤い薔薇の花だ。

わき見もせず、女性は高級住宅街の方に歩いていった。

こないだの風にそよぐようなワンピースもよかったが、きょうのミニタイトは膝上まで剝き出しになっているのがいい。

（この人のストッキングも欲しいな……ちゃんと股のあるパンストかな……）

大事にしていた千詠子のストッキングを、片方だが、とうとう精液で汚してしまったことを思うと、交互に動く女性の脚を見ているだけで欲望がむらむらと湧いた。

何も知らない女性は歩調を変えずに歩き続け、ついに脚をとめた。

広がりを見せる白い塀に添って雑木が植えられ、贅沢な敷地にエキゾチックな白い二階建の洋館が建っている。

肩の高さほどある黒い門扉を開けた女性は、洋館に続く白いタイル張りのアプローチを通り、白い扉を開けて消えた。

玄関までの左右の植え込みにも白いタイルが使われ、緑の低木だけでなく、弘樹がはじめて見る紫や黄色い花も咲きほこっていた。

門には『小菅《こすげ》』と表札が埋めこまれていた。

（フーン、白いお城のお姫さまか……）

着物が似合いそうだと思っていたが、洋館にはドレスがぴったりだ。

弘樹は彼女が触った門扉をなぞり、怪しまれないうちにその場を離れた。

（小菅か……小菅なんて名前だろう。やさしい名前だろうな。やっぱり小百合かな）

道々、他愛ないことを考えていた。


二階から足音を忍ばせて下りてきた弘樹は、泰子達の寝室のドアに耳をつけた。テレビがついている。

珍しく十時ごろ帰宅した父の和夫は、風呂に入ったあと、うまそうにビールを呑んだ。泰子もいっしょに呑んでいた。

『おビール呑むと眠くなっちゃうわね』

いっしょにテーブルについた弘樹にわざとらしくそう言った泰子は、和夫といっしょに寝室に消えた。

ビールを呑んでいたときの潤《うる》んだような泰子の目に、

（アレをするんだ……ママが発情してる……）

弘樹は直感的に感じた。

夫の愛情などとうに諦め、勝手に好き放題に行動しているような泰子だが、ときおり今夜のような目をして、早々に和夫と寝室に消えてしまうことがある。

最近になってようやく弘樹は、それが数少ない泰子と和夫のセックスの日ではないかと気づくようになった。

（きっとアレをするぞ……）

アレがどういうものか、弘樹は奥手なのでよくわからない。ペニスをワギナに挿入するということはわかるが、〝女〟を見たこともないし、未知の世界だ。

弘樹はあの目に気づいてから、「ママが発情した」と心のなかで叫ぶ。

テレビをつけているのは音を消すためだということが想像できる。

最近は、その行為をいちど見てみたいと好奇心いっぱいだ。

さらに耳を押しつけた。テレビの音が煩《うるさ》くて声はなかなか聞こえてこないが、ようやく短い泰子の声が聞こえた。声は言葉ではなく、なにやら妖しい喘ぎだ。

（ママ、気持いいのかな……パパのペニスはどのくらい大きくなってるんだろう……）

同性として、やはりペニスの大きさが気になる。

（テレビ、消してくれないかな……）

ほとんど聞き取れないふたりの声を、テレビの雑音と混じったなかから選び出そうとしているようなもので、懸命に聞き取ろうとするだけ欲求不満になっていく。

ノブに手をかけた。そっとドアをあけてみようかと迷ったが、覗きを知られたときのことを考えると、手は凍りついたように動かない。

（いっそ勢いよくあけてしまおうか……駄目だ……弱虫だな……）

弘樹は大きな溜息をついて引き上げた。

（ぼくもアレをしてみたい……）

白百合のような昼間の女性を想像しながらオナニーをはじめた。けれど、いつしか、女性は千詠子の顔に変わっていった。

2

新宿中央公園に面した高層のCホテルのメインロビーは、三十メートルの吹抜けになっており、三つのシャンデリアが輝いている。異国の建物に入りこんだような感覚が千詠子は好きだった。

薄いブルー地にプリント柄のパンツスーツを着た千詠子は、白いつば広の帽子を被り、濃いめのサングラスをかけていた。

ダブルの部屋を予約している。

サングラスを取らないままチェックインした。

そう遠くもないマンションまでタクシーで帰らないのは、久しぶりに郷原達也《ごうはらたつや》と夜を過ごすためだ。

三十八歳の郷原は大きなファッションショーを手掛けるやり手のファッションプロデューサーで、これまでの千詠子のコレクションのプロデューサーでもあった。

郷原からの電話が入ったのは、零時を少し過ぎてからだった。

「待たせたかな」

「私も十一時過ぎにチェックインしたの」

郷原はシングルの部屋を予約している。いつもふたりは別々の部屋を取り、郷原が千詠子の部屋を訪ねるということになる。

ふたりとも独身なので別々の部屋を取ることもないのだが、テレビや雑誌に顔を出すことが多くなってきたので、カウンターでふたりの関係を知られたくない。

ひとりだけが手続きに顔を出すとしても、いつどこで知合いと顔を合わせることになるかわからない。

ホテルというのは宿泊に限らず、バー、レストラン、喫茶室などで、待ち合わせや打ち合せに使われることが多い。

その点、互いにそれぞれの部屋を取っておくのはいざというときのために賢明なことといえた。

結婚するならともかく、ふたりともシングル生活に満足している。それに、互いにときには別の者とアバンチュールを楽しむこともある。そんなことまで理解しあったうえでの関係だ。

軽いノックのあと、仕立てのいい背広とネクタイの郷原が入ってきた。

ファッションプロデューサーのなかでも特に郷原は男らしいマスクをしており、センスも抜群と言われている。すらりとした上背と、野生の獣を思わせる目。会うたびに千詠子は胸の疼きを覚える。

シャワーを浴びた千詠子は薄手のガウンをまとっていた。Dカップの乳房がガウンを押して高い山をつくっている。

「たまには裸で迎えてくれてもいいんじゃないか」

「そうね、とびっきりのヌードで迎えるのもいいわね」

千詠子はそう言って笑ったが、郷原がきっちりした格好で入ってくるのに、自分だけ裸というのは、どうも気がひける。

しばらく着替えずに待っていたのだが、待ちくたびれて風呂に入ってしまった。

一分の隙もないファッションで入ってこられると、ベッドに裸で横たわっているのが恥ずかしくなる。性的な羞恥ではなく、デザイナーとしてのこだわりのようなものだ。

だから、千詠子は郷原を待つとき、自分のファッションで迎えることが多い。それに、服を脱ぎながら、あるいは脱がせられながらインナーを見せるのも昂ぶるひとときだ。

たとえ郷原がやってくる前にシャワーを浴びても、ガウンだけは身につけておくようにしている。

シャワーを浴びてきた郷原も、全裸で出てくることはなく、腰にタオルを巻いていた。贅肉のついていない若々しい二十代のような肉体だ。

ふたりは小さなテーブルについてビールで乾杯した。

「うまい！　仕事のあとのビール、それもきみと呑むビールは最高だな」

「ふふ、先に言われちゃったみたいね。あなたと呑むビールはいつもひと味ちがうわ。でも、噂に聞いたわよ。四、五日前、アイドル歌手の矢巻優子《やまきゆうこ》と食事していたって」

「食事だけさ。残念ながらベッドインとはいかなかった。まあ、そのつもりなら、人に見られるようなことはしないさ」

「なんだ、ちょっと残念ね。あの可愛い子がどんなふうに乱れるのか聞きたかったのに」

もし矢巻優子を抱いたと言われれば嫉妬《しっと》を感じないわけにはいかないだろうが、今のところ、千詠子はほかの誰より郷原に愛されていると感じていた。だから、本気でほかの女に嫉妬することはない。

郷原がときどきほかの女を抱くように、千詠子もたまにほかの男に抱かれることがある。だが、それは多分に遊びの感覚だ。

嫌いな男とはベッドインしないが、言い寄られて、この男だったら一夜を楽しんでみてもいいわ、と思うことがある。郷原もそんな感覚でほかの女を抱くのだろう。

「最初は抱くつもりで誘ったが、車に乗せてふたりきりになったときの些細な話で、ちょっとまずいことになる女だと直感したからやめた。あの手の女は、結婚できないならと、手首を切ってみせるタイプさ。一夜の遊びのできるやつじゃない」

「それだけ純情な方がいいんじゃないの？」

「純情ならいいさ。彼女はそうじゃない。どろどろした底無し沼を抱えてる女だ。今につき合った男に対して何かやらかすぞ。触らぬ神にたたり無しってわけだ。週刊誌やワイドショーで騒がれるのはまっぴらごめんだね」

矢巻優子はまだ十九歳の可愛い女でしかないと思っていたが、郷原は数多くの女とつき合ってきた経験から直感的にわかるのだと言いきった。

「あれはまちがいなく男を駄目にする女だ。ルンルン気分でつき合って、気がつくと男は彼女に生き血をすすられてるってわけだ」

「私だって生き血をすする女かもしれないわ」

千詠子は上目使いに郷原を窺った。

「矢巻優子に妙な具合いに生き血をすすられて痩せ衰えるのはまっぴらだが、千詠子にすすられるならいいさ。痩せるどころか、すすられた分、健康な血が躰の奥から溢れ出て、いっそう若返るかもしれないからな」

冷蔵庫の缶ビールを一本ずつ呑んでベッドインした。

二十代最後の千詠子の躰は丸みと張りがあり、今でも十分過ぎるほどに魅力的だが、これから三十代、四十代に向かうにつれ、いっそう熟し、巡り会った男達のすべてを悩ませるだろう。

添い寝するように横になった郷原は、見るたびに情欲を抱かせずにおかない喉から顎《あご》にかけての千詠子の女らしい細い線を指でなぞった。郷原の指の動きにこたえるように、千詠子はやや顎を突き出して喉を伸ばした。儀式のはじまりに、千詠子の体奥に巣くう赤い女の情欲が早くもとろりと溶けはじめた。

郷原の唇は、もどかしいほどわずかずつ喉元を愛撫しながら這い上がっていく。唇を押しつけ、舌先でちろちろと舐めまわしながら、手は乳房を揉みしだきはじめた。

「うぅん……あう……」

首筋をぞくっと駆け抜けていく快感と、乳房をこねられ指で乳首を責められる快感に早すぎる甘い声をあげながら、千詠子は豊満な躰を反らし、産毛さえ始末されたつるつるの脚を突っ張った。

かすかに石鹼の香りが漂っている白い喉元が、みるまにしっとり汗ばんできた。

郷原の背中にまわった千詠子の腕は、快感に合わせるように抱き締める力に強弱をつけていた。

「たまらないわ……キスして……」

切ない喘ぎを洩らしながら千詠子は眉間《みけん》を寄せ、顎を引いた。てきぱきと仕事をこなす昼間の千詠子からは想像できない哀願だ。ショートカットの活動的な外見も、郷原に抱かれるベッドの上では可憐《かれん》な若々しいヘアーでしかなかった。

「もう感じてるのか」

「遊び人。さんざん遊んで女の躰を知り尽くしてるのね」

余裕たっぷりの郷原の視線に身悶えするように、千詠子は恨めしげに言った。

「千詠子の躰はまだまだ知らない部分がいっぱいだ。知り尽くせないな」

最初から郷原のキスは濃厚だ。千詠子は唇の裏側を舌先でなぞられると秘芯が疼く。子宮の中心から躰の隅々に向かって熱いものが駆け抜けていく。

「うぅん……うくっ……」

はじめて男を知った少女のように対抗するすべもなく、眉間に小さな皺《しわ》を寄せ、くぐもった声をあげた。疼きを少しでも癒《いや》すには、今は躰を密着させるしかない。背中にまわした腕に力をこめ、くびれた腰をぐいと押し出し、濃いめの茂みをそれとわかる硬くなった屹立《きつりつ》に押しつけた。

くびれた腰から今にも熟《う》れ落ちそうな汗ばんだ大きな臀部も淫猥《いんわい》にくねっくねっと動き、いかにも肉茎をもの欲しそうにねだっていた。

千詠子が欲しがっているのは百も承知のうえで、郷原の舌先は千詠子のやわらかい口内の粘膜を執拗《しつよう》にくすぐっては舌に絡みつき、唾液を吸い上げた。

千詠子は病的なほど熱っぽくなっている唇をがむしゃらに押しつけ、郷原の背を抱き締めている手の指先を、引き締まった筋肉に食いこませていった。

郷原のキスは千詠子をいつも貪欲《どんよく》にする。

千詠子の恥丘に食いこまんばかりの硬い屹立も、彼が十分に千詠子を欲しがっていることを示していた。けれど、いつも郷原は我慢強く千詠子を焦《じ》らし、それを心底楽しんでいた。

千詠子は腹部を肉棒に押しつけ、さらに密着させたいと腰を左右に振りたてた。

（ああ、大きい……熱い……素敵……）

押しつけるだけではもの足りず、太腿を挟んで絡めた。千詠子は秘芯をねじこむように、さらに肉柱に押しつけていった。

「大きいの、ちょうだい……」

上気した顔を離してせがんだ。

「やけにせっかちだな。これからだろ」

苦笑している郷原の目に、獲物を捕えたオスとしての嗜虐《しぎやく》の輝きも宿っている。

千詠子が次の言葉を発しないうちに、郷原は側位の形から上位になり、また唇を塞いで口中を巧みに愛撫した。そうしながら、うなじや背中を微妙な指のタッチでなぞりはじめた。

雪のように白くはないが、シルクのように滑らかな肌がじっとりと汗ばんで吸盤のように吸いついてくる。その感触を指先に感じながら、会うたびに千詠子の躰が女として恐ろしいほどに熟していくさまを、彼はいつものように驚きをもって見つめていた。

声をあげるたびに千詠子は秘園をぐいと郷原にこすりつける。

（欲しい……欲しい……欲しい……たまらないわ……）

どんな男とベッドインするより郷原とのセックスは感じる。ひとつになる前に千詠子はメロメロになってしまう。

片手を背中から放した千詠子は、太い屹立を握りしめた。鉄のように硬い。濡れた秘芯にそれを入れようとすると、郷原の手が阻《はば》んだ。

「そんなに簡単にやるわけにはいかないな」

「意地悪……お願い……」

「意地が悪いほど、いつもあとで感謝してくれるじゃないか」

郷原はまたキスを続けた。

唇が離れ、乳房への愛撫に移ったとき、秘芯は脈打つように疼いていた。

八十八センチのDカップの乳房は郷原の掌におさまるはずもなく、片方をこねるようにしながら、もう片方の乳首を口に含んだ。まだうっすら残っている水着の跡は、照明による翳のようにも見えた。

さほど大きくない乳暈のまんなかで、ピンクの乳首はとうにコリッと立ち上がっている。千詠子は先の方を舌でちろちろと弄ばれたり、側面を甘咬《あまが》みされたりすると声をあげずにはいられない。ほかの男とちがい、郷原の愛撫はねっとりと卑猥で、いつも音をあげるまで徹底的に千詠子を弄ぶ。

母乳を溜めているような巨房を左右からぐいと寄せた郷原は、間隔が狭くなった乳首を交互にせわしなく舐めて責めたてた。あっと喘いでのけぞった千詠子は、たまらないというようにきりきりと唇を嚙みながら首を振り立てた。

「ああ……ちょうだい……ね、これ」

硬直を握っても、郷原はまだまだ簡単に与えてくれそうにない。ひとつにならずに愛撫だけ続ける郷原がもどかしい。気がつくと、いつも千詠子はねだるだけの女になっている。そして、インサート前にクタクタになっている。

セックスでは同等の関係、もしくは主導権を握ることも珍しくない千詠子だけに、やはり郷原とのセックスは魅力だ。自分が女であるという意識が強くなる。郷原に抱かれるたびに大人の魅力を植えつけられていくように感じる。

下になっていた千詠子は俯《うつぶ》せにされた。肩先から腰にかけての砂丘を思わせるなだらかなSの線。肩甲骨のやさしさ。腰からまばゆいばかりに大きな曲線を描いている臀部。ぴったり閉じた双丘のくぼみ。そこから伸びた形のいい脚。真っ白い肌でないだけに健康的で、ただでさえ年より若く見えるのに、いっそう千詠子を若々しく見せていた。

うなじから背中へと舌が滑っていくとき、千詠子はシーツを握りしめた。

「あう……あはっ……」

ときおり顔をのけぞらせ、郷原の舌から逃げるように総身をくねらせた。そんな千詠子を逃がすまいと、郷原は熱くぬめついている腰を押えつけ、舌や唇を押しつけていった。

みずみずしいとはいえ、十代の女のような青臭さを持った肌ではなく、あらゆる細胞からオスを惹きつける分泌液でも滲ませているような千詠子の肌だ。

喘ぎ声も首や腰の些細な動きも、なまめかしかった。

(女はやはりこうでなくてはな……)

処女のような女を抱くのもいいが、郷原にとっては、やはり大人の女の方が抱き甲斐がある。腰のあたりまで郷原の唇が下りてくるころには、千詠子の総身はじっとりと汗で濡れ光り、首を振りたてながら足先を突っ張っていた。

つんと持ち上がった臀部を甘咬みすると、

「ああっ……」

折れるほど首をのけぞらせながら、千詠子はぴくりと尻を硬直させた。

臀部の傾斜を舌が這い上がり這い下りていくときのそそけだつような感触に、千詠子は足指を内側に曲げてシーツをぎゅっとつかんでくぐもった声をあげた。

双丘を下った郷原の唇と舌は、今度はゆっくりと根気強く足指に向かって進みはじめる。

愛撫の間、秘芯がズクズクと疼いているが、膝裏のあたりは我慢できないほど感じるところだ。

「はあっ……」

乳房をベッドに押しつけ、シーツを力いっぱい握りしめることでいつも千詠子は気を逸らそうとする。秘園もぐいとベッドに押しつける。恥ずかしいほど大きな蜜液の染《し》みが広がっていく。ときおり小水を洩らしたのではないかと、どきりとするほどだ。

「だめェ……あぁう……許して……」

必死に耐えている千詠子に精神的な快感を覚えながら、郷原は同じ速度でふくらはぎから足首へと唇を這わせていった。余分な肉のないピンと伸びた脚は羚羊《かもしか》のようで、踝は小気味よく引き締まっている。

その踝を取った郷原は、薄いオレンジのペディキュアの塗られた足指を一本、口に含んだ。

「くっ……」

津波のような大きな快感が千詠子の全身を浸していった。ジュッと音でもするように多量の蜜が溢れ出し、したたって、また染みをひろげていくのがわかる。足指を口で愛撫されると、いつも秘芯は脈打つようにズクズクし、いっときも早く中心を貫いてほしいと思う。

親指から順に、二指、三指へと小指へ向かってすっぽり口に含まれ、口中でふやけるほど舐めまわされるとズーンズーンとそそけだち、全身が粟立《あわだ》ってたまらなくなる。次の指に移るときに、指と指の間を舌でくすぐるように舐められるときなど、大きな声を殺そうと、いつもシーツを噛んでしまう。

今も千詠子は堪えきれずにシーツを噛みちぎるほど硬く歯を合わせていた。大きすぎる快感にただ耐えて、郷原に解放されるときを待つしかない。

全身に力を入れ、ようやく愛撫に耐えている千詠子に視線をやりながら、郷原はこの女は誰にも渡したくないと思った。

左右の十指を舐め上げたあとは、足の裏の土踏まずを最後の仕上げに舐めまわす。ここも千詠子の感じるところだ。

「ああ、もうだめよ……お願い、焦らさないで……あう……ちょうだい……くっ……」

頭を上げ、肩ごしに郷原を見つめる千詠子の目は潤み、瞼や頰のあたりが火照っていた。噴き出した額《ひたい》の汗が玉のようになっている。半びらきの唇から覗く白い健康な歯がぬらぬら光っているさまを見て、郷原は満足だった。

だが、まだまだインサートはしない。

「四つん這いになれ」

「いや、ちょうだい……」

「だから四つん這いになれ」

よろよろと腕と膝を立てた千詠子の臀部は、腰がきゅっと引き締まっているだけに、いつも蜂の尻を連想させた。シーツには丸い大きな染みができている。まるで洩らしたようにぐっしょりだ。

「ほう、ラブジュースにしちゃ濡れすぎだな。きっと半分は洩らしたやつだな」

郷原は笑った。

「あなたに責められるといくらでも出てくるわ……不思議なほどいっぱい……」

熟れ肉のついた豊かな双丘のきっちり合わさった部分を、郷原はふたつに割った。

「あ……」

尻がびくっと硬直した。オールドローズのアヌスのすぼまりを見つめられると、千詠子は秘芯を見られているときより興奮する。

やがて郷原の指が菊皺をゆっくりと揉みしだきはじめた。

「だめよ……んくく……」

だめよと言いながら逃げようともせず、千詠子は尻をくねくね振っていた。

しっとり潤ってくる菊口を可愛いと思いながら、郷原は指先に神経を集中させて揉みほぐし続けた。

「お願い、一度ちょうだい。ね、ちょうだい。でないと我慢できない……」

限りなく溢れ出る愛液と疼きに、千詠子の総身のくねりはいっそう妖しくなった。

郷原は菊口に舌をこじ入れるようにしてすぼまりをつついた。

「んんっ……うくっ……あぁう……」

千詠子の背が弓なりにしなった。きれいな女体の輪郭が浮かび上がった。

すぼまりを舌で責めながら、指は秘園に向かった。花びらも肉芽も、ぬるぬるの蜜にまぶされている。外性器をいじりまわしていると、いっそう切なそうな喘ぎが洩れた。

「お願い、お願い、お願い……ちょうだい……早く……」

下向きのふたつの乳房が寄り添って大胆に揺れている。千詠子は快感に朦朧《もうろう》としてきた。

「入れてちょうだい……して……」

郷原は仰向けになった。肉棒がぐいと弧を描いて立ち上がっている。

言われるまでもなく、千詠子はすぐさま郷原の股間に顔を埋め、剛直を口に含んで愛しはじめた。

「うまいか、千詠子」

肉茎を咥《くわ》えたまま千詠子はうなずいた。皺袋を揉みしだきながら口で奉仕する悦《よろこ》びは、他の男では味わえない。してもらったからお返しするという感じはなく、してやりたいと心底思ってしまう。

肉傘の裏側、亀頭を千詠子は特に念入りに愛撫した。

やがて半身を起こした郷原が、千詠子の腰をつかみ、シックスナインの体勢に動かした。

上になった千詠子は秘芯を舐めまわされるたびに鼻から熱い息を洩らしながらくぐもった声をあげ、恥ずかしいほどに秘芯を濡らした。肉棒を愛撫するために動く頭とともに、背中がうねうねとくねった。

濃いめの恥毛は小水のような多量の蜜液で濡れ光り、柔肉にぴたりとくっついている。芳しいメスの匂いが香りたち、興奮に咲きひらいた花びらの合わせ目で、膨らんだ肉芽が莢《さや》からパールピンクの顔を覗かせていた。その先を舌でつつくと、一瞬、千詠子の口と手の動きがとまった。

「あぁう……来るわ……も、もうすぐ……」

大きすぎる快感の予感に、ペニスを嚙んでしまうかもしれないと、千詠子は慌てて口から屹立を出した。

「くっ！」

すぐさま激しい波が千詠子を襲った。爪を立てるほど郷原の腰を強くつかんだ。膣口が収縮を繰り返した。

とろりと溢れた蜜を舐め取った郷原に、ヒッ、と千詠子がふたたびエクスタシーを迎えて痙攣した。

骨の抜けたような千詠子を仰向けにして、ようやく郷原は秘裂に肉杭を突き刺した。

「う、うぅん……」

シーツに沈むように千詠子の頭がのけぞり、顎が突き出て口がひらいた。伸びた喉の線が、郷原にはいつもより色っぽく見えた。

抽送をはじめる。

よく締まった肉襞がじんわりと肉棒を締めつけてくる。

「ああ、気持いい……躰が溶けてしまうわ……もっと奥まで入れて……」

千詠子は郷原に腰をぐいぐい近づけた。子宮壺の入口に亀頭が当たり、押し上げてくる。

「あう……いい……」

郷原の動きに合わせ、千詠子もわずかながら腰を動かした。

抽送しては動きをとめ、ひとつになったまま唇をむさぼり合う。それを繰り返しながら、ふたりはどっぷりと肉の快感に浸っていた。

やがて半身を起こして千詠子の両脇に手をついた郷原が、ラストスパートに入った。

ポタポタと落ちる汗が千詠子の乳房を濡らした。汗にまみれた乳房は、口と鼻から洩れる千詠子の荒い息とともに、もげ落ちそうなほど大きく波打っていた。

「いけ、千詠子！」

「ああっ！」

鼠蹊部《そけいぶ》がぐっと伸びきった。

「うっ！」

ザーメンが子宮壺に向かって迸り、秘芯はそれを絞り取るように激しい収縮を繰り返した、胸と胸が重なりあい、乱れたふたつの鼓動が入り乱れた。

ふうっと先に大きな呼吸をしたのは郷原だった。

「生き血をすすられちまったな」

軽く瞼にキスして郷原は笑った。

シャワーを浴びてビールを呑んだ。

「ここで……休んでいく？」

口をひらくのも気怠《けだる》かった。

「いや、その誘惑を何とかはねのけて、這ってでも自分の部屋まで辿り着くつもりだ」

「淋しいこと言うわね……」

「ここにこのままいたら、朝までに千詠子に喰われてしまいそうだからな」

「いつだって、手も足も出ないほど私をメロメロにしてしまうくせに」

三十分ほどで部屋を出た郷原に、千詠子は淋しさと頼もしさを感じた。

（出ていってくれた方がいいのよ……でないと、私はただの女になってしまいそうだもの
……会うたびに、抱かれるたびにそんな気がしてくるの……）

千詠子は溜息をついたあと笑いをつくった。

だが、深く考えこむ間もなく、快い疲労に、すぐさま眠りの底に沈んでいった。

3

学校から帰ってきた弘樹は学生服を脱いだものの、服飾デザイナーの千詠子といっしょに食事するのだからと、洋服を選ぶのに慎重になった。

『時間ができそうだから夕食をいっしょにどう？』

昨夜千詠子から電話があったときから、弘樹はわくわくしていた。

（スーツにするかな……ジーンズでいいかな……叔母さんに聞いておくべきだったな。叔母さんの服と比べてチグハグだったらいやだしな……困ったなァ……）

昨夜いちおう決めておいたものの、また迷ってしまった。

（よし、やっぱり紳士らしくしないとな。叔母さんに恥かかせちゃ、これから誘ってくれなくなるかもしれないし……）

高校入学の祝いに父の和夫からプレゼントされたスーツにした。淡いモスグリーンの麻のスーツで、初夏から秋まで、けっこう長く着られる。

日曜も祭日もないような和夫が、珍しく、入学祝いに服でもつくってやろうかと言い、何年ぶりかで泰子と三人で出かけたデパートで注文したものだ。まだ二、三回しか着ていない。鏡の前に立つと、ちょっと大人びて見える。弘樹は満足した。

待ち合わせの喫茶店に、弘樹は三十分も早めに着いた。

店の電話が鳴るたびに、急に用でもできた千詠子が断わりの連絡を入れてきたのではないかとはらはらした。

約束の時間が過ぎると、トボトボひとりで帰っている惨《みじ》めな自分の姿を想像して泣きたくなった。洒落てきただけにいっそう惨めだ。ウェイトレスが振られた男を陰で笑っているような被害妄想にまで駆られてしまった。

注文したコーヒーも飲んでしまい、約束の時間を二十分も過ぎてしまった時計を見て、いたたまれなくなっているとき、やっと千詠子が現れた。

「ごめんなさいね。十分ぐらいの遅刻で済むかと思って電話しなかったらこんなになっちゃって」

黄色い大きな花柄のプリントのフレアースカートは、黒地の部分の方が少ない。半袖のジャケットは黄色の無地。スーツになっているようだ。いつも年より若く見えるというのに、きょうの明るいスーツはまたちがった雰囲気で千詠子を若々しく見せていた。

「待ったでしょ？」

「ぼくも十分ぐらい遅れちゃったから……」

五十分も待ったとは言えなかった。千詠子は安心したようだ。けれど、すでに空になっているコーヒーカップを変だと思うかもしれない。

「素敵なスーツじゃない。とってもよく似合うわ。弘樹ちゃんは可愛い顔をしてるから、どこかのアイドルと間違われちゃうわよ。それが叔母さんとデイトじゃしようがないわねェ」

スーツが似合うと言われて弘樹は嬉しかった。だが、最後の言葉に不満だった。

(ぼくは叔母さんとデイトしたいんだ。だからお洒落して来たんだ……)

毎日千詠子をオナペットにしているというのに、その切なさにまったく気づいていない叔母が、弘樹には焦れったかった。

千詠子のコーヒーを注文していると遅くなるので、すぐに出ることになった。二時間後に千詠子は仕事の関係で人と会わなくてはならなくなったのだ。

可愛い紳士と肩を並べて歩くのが千詠子はくすぐったかった。学生服や、ラフなシャツやセーターの弘樹しか知らない。それが、躰にぴったりフィットしたスーツなどでやってきたのだから、千詠子はいつもとちがう雰囲気を弘樹に感じた。

(けっこう大人じゃないの……あの小さな可愛いもの下げてた弘樹が……)

口元に笑みが湧いた。

弘樹の方は、きれいな千詠子と肩を並べて人ごみのなかを歩いていることに優越感を感じていた。すれ違う誰もが羨望の眼差しで自分を見ているような気がした。

千詠子は贔屓《ひいき》にしているフランス料理店を、小さな紳士との夕食の場に決めていた。

「おいしいワインをいっしょに呑めなくて残念ね。二十歳になるまで、まだずいぶんあるわね」

千詠子と対等にとはいかないが、いちおう楽しい食事ができると思っていたので、ディナーの前も最中もワインさえ呑めないとなると、弘樹は情けない気がした。

「少しぐらい大丈夫だよ……パパのビールぐらいちょっと呑んだことあるし……」

「家でならいいけど、外じゃまずいでしょ。私だけいただくわ」

フランス料理にワインはつきものだ。

つい先ほどまでは大人の気分になれる店だと嬉しかったが、こうなると、フランス料理にしたのは子供扱いするためではないかと弘樹は疑ってしまった。

両親といっしょにフランス料理を食べたときには感じたことのない悔しさだった。

ジュースにしたらと言う千詠子に、冗談じゃないと、弘樹はミネラルしか呑まなかった。

ほっそりした指でワイングラスを持って優雅に上等のワインを味わう叔母にうっとりしながら、弘樹は二十歳まであと四年あるんだと溜息をついた。

「ガールフレンド、いるの?」

「そんなの……いないよ……」

唐突な質問に面食らい、そのあと、また腹立たしくなった。

「男子校だものね。でも、女の子なんてどこにでもいっぱいいるじゃない。弘樹ちゃんが声をかければ、すぐに女の子のひとりやふたり見つかるわよ」

弘樹はむっとした。人の気持も知らないで、しかも、「女の子」のひとりやふたりなどとは、やはり子供扱いだ。

(女の子なんて関心ないよ。ぼくは叔母さんみたいな素敵な大人がいいんだ。女の子じゃなくて女の人がいいんだ……)

弘樹は黙りこくった。

「あら、もしかして、好きな人がいるけど、打ち明けられないでいるんじゃないの？　弘樹ちゃん、おとなしそうだから」

「そんなことないよ……」

叔母さんがいいんだ、などと、目の前にいる千詠子に言えるはずもない。そんなことを尋ねる千詠子が恨めしくてならなかった。

「叔母さんの方こそ、誰かいい人いるんじゃない……だってさ、来年三十になっちゃうもんね」

いくら仕事が好きだからとはいえ、こんな素敵な叔母に恋人がいないのは不自然だ。

「弘樹ちゃんから見ると、私もオバサンよねェ。だけど、最近はオールドミスなんて言葉は聞かなくなったし、花のシングルよ。面倒じゃなくていいわよ」

「叔母さんは若いし綺麗だよ。そこら辺のオバサンとはぜんぜんちがうよ……ぼくが言ったのは、素敵な叔母さんに恋人がいないなんておかしい気がしてさ……」

「あら、どうもありがとう。そりゃあ、ボーイフレンドのひとりやふたりはいるわ。こんな派手な仕事していてボーイフレンドもいないようじゃ、かえって気持悪いでしょ？」

当然でしょ、というふうにフフと笑った千詠子は、また料理を口に運んだ。

弘樹はショックだった。

(やっぱりいるんだ……ボーイフレンドといったって、叔母さんのような大人だから、キスぐらいしてるよな……きっとしてるよな……いや、もしかして……)

二十九歳にもなっている千詠子が処女であるはずはないが、見知らぬ男とベッドインしている姿を想像するといたたまれなくなった。

まだ童貞の弘樹には具体的なことはわからないが、どんな声をあげて、どんな顔をするのだろう。心が痛んで、食欲がなくなった。

フォークとナイフを動かすスピードが極端に落ちた弘樹に、千詠子は怪訝《けげん》な顔をした。

「どうしたの？　口に合わないわけじゃないでしょ？」

「おいしいよ……ただ、あんまりお腹すいてたんで、家でつい、つまみ食いしてきちゃったんだ。そのせいかな……」

咄嗟の嘘でごまかした。

憧れの千詠子といっしょにいるというのに、千詠子のボーイフレンドのことで頭がいっぱいで、敗北者の気持を味わっていた。

(ぼくは叔母さんにとって、ただの甥でしかないのかな……叔母さんはぼくのこと、今も子供としか思ってないんだろうか……一人前の男として見てくれないんだろうか……)

切なくなった。

食事が終わってコーヒーを飲むと、弘樹は電車で帰り、千詠子はタクシーを使うことになった。

弘樹はタクシーがつかまるまで千詠子につき合ってやることにした。それが紳士として当然のことだと思った。ちょっと惨めな紳士だったけれど……。

靖国通りを歩いていると、

「先輩……あの……碓井さんじゃありませんか。千詠子さんじゃあ？　あ、やっぱり！」

女性の声がした。

「あ……」

ちょっとぼっとしていた弘樹はたちまち目が覚めた。

あの小菅という表札の出ていた洒落た洋館に消えた女性だ。

「あら、結花里《ゆかり》さん。まあ、久しぶり。十年ぶりぐらいじゃない？　よくわかったわね」

「遠くからでも、黄色い素敵なこのスーツはとても目立ってました。お変わりになりませんね」

上品なバイオレットを基調にしたブラウスとキュロットの結花里も、明るい色調で目立つ服装だ。結花里の視野には千詠子以外まったく存在していないのか、弘樹には一瞥《いちべつ》すらせず立ち話に夢中になっている。

キュロットが千詠子、スーツの方が結花里に似合いそうだと思っていたが、こうやってふたりを眺めていると、どんなものを着せても似合いそうだ。ただ、千詠子はやはり何を着せても活動的で、栗色のウェーブのかかった髪がふんわりと肩にかかっている結花里の方は、山の手のお嬢さまといった静かな雰囲気を漂わせていた。

ふたりは、中学時代のテニスクラブの先輩後輩の間柄らしいとわかった。千詠子が三年のとき、結花里は一年だったというから、結花里は二十七歳ということになる。もっと若いと思っていたので意外だった。

「で、結花里さん、結婚してるんでしょ？」

「ええ……千詠子さんは？」

結花里が人妻だとわかり、弘樹はダブルパンチを食らった気がした。

(叔母さんもこの結花里さんも、ぼくから遠くなるばかりじゃないか……)

千詠子は服飾デザイナーで成功しつつあることを話している。夢のような憧れの女性ふたりの間で、言葉は耳の横を通り過ぎていくだけだった。

「甥なの。姉さんの子供よ。高校一年の弘樹。なかなか可愛いでしょ。きょうは、お夕食ふたりで食べて、これでもデイトだったのよ」

デイトだったと言われ、落ちこんでいた弘樹は少し立ち直った。結花里には初対面という顔でちょこんと頭を下げた。

これまでのことは何も感づかれていないようだ。弘樹は初対面のそぶりを続けた。

「私、これから仕事の関係で人に会わなくちゃならないの。結花里さん、どこに住んでるの？　近々会いたいわね」

結花里の住所を聞いた千詠子は、思わず弘樹に顔を向けた。

「弘樹ちゃんの家の近くじゃない」

弘樹はどんな顔をしていいかわからなかった。よけいなことを言うと不自然になる。黙っていた。

「姉の家の近くに結花里さんの嫁ぎ先があったなんてね……それなのに、こんなところで会うなんておかしいわね。以前はよく姉のところに行ってたのよ。あら、時間がないわ」

時計に視線を走らせた千詠子は、慌てて名刺を渡し、やってきたタクシーに乗りこんだ。

残された弘樹は結花里とふたりきりにされ、すっかりのぼせ上がっていた。

「荷物があるからタクシーにするつもりなの。近所ならいっしょに帰りましょうか」

荷物といっても、そう重そうに見えない紙袋ふたつだ。今になってはじめて結花里のそんな荷物に気づいた弘樹は、

「ぼく、持ちます……」

奪うように袋を取った。

「あら、ありがとう」

結花里が微笑すると瞳と唇に慈愛に満ちたやさしさが溢れ、中学のときの修学旅行先で見た観音様のようだと弘樹は感激した。

これからいっしょにタクシーで帰れるのだと思うと、千詠子のボーイフレンドの話も、結花里が人妻だというショックも忘れて、弘樹は幸せな気分になった。

結花里の後からタクシーに乗った弘樹は、荷物を左のドアの方に置いた。その幅だけ右に座っている結花里に近づけるからだ。肩先が触れ合って、弘樹は興奮に息が荒くなった。

かつて道で結花里を追い越したとき鼻腔に触れたやさしい甘やかな香りが弘樹を包み、くらくらさせた。

「千詠子さんと会ったのも偶然なら、お姉さまが私の近くに住んでらっしゃるというのも偶然ね。不思議な気がするわ」

「あの……叔母さんがテニスしてたってのはわかるけど、結花里さん……がテニスしてたって、意外ですね……」

結花里さんと言うとき、つっかえそうになった。

「どうして？」

天使の微笑で尋ねられると、弘樹はますます上がってしまう。

「お茶とかお花とか、そんな気がしたから……」

「どちらもやるわ。でも、テニスも、今もときどきやってるのよ」

テニスウェアを着た結花里を想像した。

ワンピースもミニタイトもきょうのバイオレットのキュロットもいいが、できるなら、白いノースリーブのシャツと白かピンクのスコートをつけてほしい。走りまわるたびに、球を打つたびに翻《ひるがえ》る短すぎるスコート……。

「どこでテニスするんですか」

「たいてい別荘ね」

ということは、夫とだろうか。弘樹はそれを聞くと落胆しそうで、結花里はいつも女友達と別荘に行ってテニスをするのだと考えることにした。

弘樹の家の方が結花里の家より手前だ。どこまでもいっしょに乗って行きたいという気がしたが、これから千詠子を通してときどき会えるようになるかもしれない。こうやって話もしたことだし、偶然を装って待ち伏せして声をかけることもできるようになる。

家のすぐ近くでタクシーを降りた弘樹は、微笑している結花里に会釈して、手を振った。

タクシーが見えなくなるまで見送った。

せっかく結花里の匂いに包まれているのに、夜風が匂いを運び去ってしまいそうだ。弘樹は走って帰った。

今夜の弘樹は千詠子といっしょにふたりきりで食事をしたというのに、偶然言葉を交わすことになった結花里と肩を触れながらタクシーに乗ったことで、心は結花里の方により傾いていた。

甘やかな匂いに惑《まど》わされ、催眠術にでもかけられているように、全身がふわふわしていた。

「コスゲユカリ。ユカリ。ユカリさん……。小百合さんじゃなくて結花里さんだったのか……いい名前だなァ……花を結ぶ里……花に結ばれる里かな……いい名前だなァ……」

弘樹はベッドに横になって天井を見つめながら、結花里の顔や声を思い出して熱くなった。

第三章　美夫人の館

1

結花里の家を訪問する日は意外と早くやってきた。

土曜の午後、電話なしで不意にやってきた千詠子に、弘樹は予想外のクジに当たったような気がした。

「弘樹ちゃん、このあたり詳《くわ》しいでしょ。私、案外方向音痴のところがあるのよね。結花里さんの家まで案内してちょうだい」

電話で結花里に尋ねたらしい場所をメモした簡単な地図を弘樹に渡した。

「着替えてこなくていいかな……」

半袖のTシャツとジーンズでは、あの洒落た洋館には不似合いな気がした。

「道案内するだけなのにわざわざ着替えるの？　そのままでいいわよ」

千詠子が笑った。

（門の前で叔母さんとバイバイってことになるのかな……そうだよなァ……）

建物のなかに入ることを考えていた弘樹は、泰子の言葉に自分の勝手な思いこみを知った。

「行くわよ」

千詠子が促した。

すでに知っている家を、いかにもメモに従ってというふうに千詠子と歩くのには気を使った。

近づくにつれ、いちど故意にちがう道を曲がり、すぐに引き返したりしてみた。

「えっと、この辺のはずだけどな……あそこかな……」

小走りに二、三軒の表札を見て、

「あ、ここだよ、叔母さん、ほら。へえ、なかなか雰囲気のある家だね」

いかにも初めてという口調で感心してみせた。

「ほんと、なかなか素敵だわ」

インターフォンが繋《つな》がると、結花里はすぐに白いドアをあけ、白いタイル張りのアプローチを踏んでやってきた。

（お城から出てきた王女さまってとこだな……）

ブライト・ピンクのワンピースの楚々《そそ》とした結花里は、周囲から浮き上がって見えた。

「じゃあ、ぼく……」

つっ立っていてはみっともないと、弘樹はやむなくそう言った。

「あら、せっかくだからコーヒーでもいかが？　何かご用でもあるの？」

こんなに思いやりのある言葉をかけてもらえるなんて……と、弘樹は感激した。

「別に何も……いいんですか」

千詠子が何か言う前にと、弘樹は早口で言った。

招き入れられた玄関には、洋館に合わせて作られたような、鏡つきのコート掛があった。居間の白い天井から下がった大正時代のものらしい照明やアーチ型のステンドグラス、どっしりした二階への階段に、弘樹は違う世界に迷いこんだ気がした。外から見ていた限り白い屋敷はモダンで明るく、なかも現代的に設計されているものとばかり思っていた。けれど、実際は、時代を思わせる風格のある造りだ。

「このあたりにこんな家があったのねェ……」

「主人どうよう舅《しゅうと》もやはり設計をやっていて、いろいろアンティークなものを探して造らせたということなの。仕事として現代的な設計をしているうちに、現代的なものだけじゃつまらないと思うようになったんじゃないかしら」

「ご主人、設計やってらっしゃるの?」

「ええ、そう。まだ話してなかったわね」

「まだ何も話してないわよ。これからじゃない」

ふたりは居間に落ち着くと、まずは近況を報告しあい、次に、昔のことを懐かしそうに話しはじめた。それからは、中学時代のテニス部のことが次から次へと飛び出した。

面白い話とはいえないが、弘樹はそこにいられるだけで満足していた。

結花里の声を、深い川底の小石まで透かすほど透明な水のようだと思った。ふっくらした白い頬は雪のようだ。淡いピンクの口紅を塗った唇は、まだ少女のように初々しい。人妻だということをつい忘れてしまう。

「あの当時から、千詠子さんはただの主婦で満足できる人じゃないと思っていたんです。デザイナーなんて、ほんとうにぴったりですね。素敵だわ」

「結花里さんにぜひ可愛い服をデザインしてあげたいわ。いつまでたっても少女みたいで可憐なんだから」

「そんな……」

結花里は恥ずかしそうに笑ってうつむいた。

(何てきれいで可愛いんだ……ぼくよりひとまわり近く年上なんて思えないな……)

ただじっと結花里を見つめているだけで、弘樹の恋心はつのっていった。

「あのころのアルバム、持ってきましょうか」

結花里は二階へ上がっていった。

緊張しているのか、弘樹は尿意を感じた。結花里がいない間にとトイレに立った。意識している女性がいては、男の弘樹でもトイレに立つのは恥ずかしい。できるだけ知られたくなかった。

トイレの横は風呂場で、広い洗面所は両方の入口の前にゆったりと取ってあった。

（ここで結花里さんは服を脱いでお風呂に入るのかな……）

弘樹はそっと風呂場を覗いた。

出窓に観用植物の緑があった。空の白い湯漕に結花里が脚を伸ばして浸っている姿を想像し、弘樹は動悸《どうき》がした。

（結花里さんの裸、雪のようにきれいだろうな……）

こんなところにいると、つい時間を忘れてしまいそうだ。

我に返った弘樹は、結花里が下りてくる前にと、急いで用をたした。

そのまま居間に戻ろうとしたが、ふっと洗面所の隅の洗濯機と乾燥機に視線がいった。恐る恐る洗濯機の蓋をあけると、底の方に少し洗濯物が入っていた。

いちばん上に花柄のバスタオルが載っている。洗濯物にかぶせてあるような感じだ。バスタオルを持ち上げると、ブラジャーとパンティとスリップらしいものがあった。

目の前で火花が散って、頭に血がのぼった。

考えるより先に弘樹は小さな白いパンティを取り上げ、ジーンズのポケットに突っこんでいた。

バスタオルをもとどおりにして、急いで居間に戻った。

結花里はまだいない。千詠子は窓際に立って、庭の景色を眺めていた。

弘樹は呼吸を整えるのが苦しかった。ドッドッドッと鳴っている異様な鼓動の大きさが千詠子に聞こえるのではないかと不安で、残っているコーヒーを一息に飲んだ。

「いいお家ねェ。庭がゆったりしているし、東京では贅沢な広さね。結花里さん、いいところに嫁いだわ。中学のときからもてたのよ。いいとこのお嬢さんだし、品があるし、美人だし、頭もいいし、言うことなしよ。テニスの試合のときだけじゃなくて、毎日のクラブ活動を、何人もの男達が見ていたものよ」

「ほんとにきれいな人だね……だけど、叔母さんだってとってもきれいだよ。叔母さんももてたんだろ？　男の子達は叔母さんを見にきてたんじゃないの？」

結花里のパンティを盗んでしまったからには、少しでも結花里に興味があるそぶりを見せてはまずいという気がして、弘樹は千詠子を持ち上げた。

「そりゃあ、私だってもてないわけじゃなかったわよ。でも、結花里さんの人気はダントツだったわね」

ポケットが気になる。気づかれないだろうか……。それにしても、結花里の腰を包むものは何と小さいのだろう。本当に結花里の下着だろうか……。

泰子は三十五歳の女盛りだが、女だけのグループであれこれやっているし、男を意識していないせいか、干された洗濯物には結花里のパンティのように小さなものはない。すっぽりと腰を包んでしまう体型を整えるためのガードルのようなものをつけることが多い。泰子のものなら、ジーンズのポケットに入れると大きく膨らんでしまうだろう。

「お待たせ」

結花里がぶ厚いアルバムを抱えて戻ってきた。弘樹はポケットが気になって緊張した。

アルバムは中学と高校時代のものだった。

ついさっきまでは、たとえ結花里が目の前にいても、手の届かぬところにいる自分とちがう高貴な花と思っていたが、ポケットには生々しい布片があり、不意に天女が人間界に降りてきてくれたような身近さを感じた。しかし、それはうしろめたく淫猥な近しさだった。

結花里のもっとも秘密めいた部分を包んでいた布片のことで頭がいっぱいで、写真の説明などうわの空で聞いていた。結花里のブライト・ピンク色のワンピースの下が透けて見えるような妄想に、弘樹は自分の淫靡な想像を制止しようとした。だが、もうひとりの弘樹はいっそう猥褻《わいせつ》な夢想に浸っていった。

洗面所の脱衣場でワンピースを脱いでインナーだけになっている結花里……。誰もいないと思って、ためらうことなくスリップとブラジャーを脱いでいく……。弘樹は背中を向けている結花里を盗み見ていた。雪兎のような可愛いうしろ姿。小さすぎるパンティにようやく隠れている双丘……。弘樹の視線に気づいていない結花里はパンティに手をかけ、無防備に引き下ろし、優雅に片足ずつ上げて布片を抜き取っていく……。

そこまで脳裏に描いたとき、股間がむっくりとテントを張った。ズボンに押えつけられた肉棒の痛さに現実に戻り、弘樹は窮地に追いこまれてかっと汗ばんだ。

「アメリカの高校にも行ったの？　すごいわね。そういえば、英語は堪能だったわね。英語の弁論大会があって、学校代表で三人選ばれたけど、ふたりは三年生。もうひとりは一年生の結花里さんだったのを思い出したわ。それでますます男の子達が騒いだんだったわね」

耳を素通りしていたふたりの会話が、突然手の届くところから聞こえてきた。今まで止まっていた三人での時間が急に流れ出したようだった。弘樹はさりげなくテーブルの下の股間に手を乗せたが、情けなさと羞恥に泣きたくなった。トイレに走って行きたかったが、

つ　いさっき行ったばかりだということもあり、千詠子に怪しまれる危惧に立ち上がれなかった。

　中学時代のテニス部の写真には若き千詠子も写っている。高校時代のアルバムには結花里のアメリカでの写真がたくさんあった。交換留学で一年間ホームステイしたときのものだと言っているが、躰の変化に焦っている弘樹にはじっくり見ている余裕はなかった。

「父が英語の教授だったし、アメリカだけじゃなくて、いろんな国の人達が父の友達だったわ。小さいころからその人達と挨拶ぐらいしていたような気がするから、きっと環境のせいね」

「ね、結花里さんってすごいでしょ……あら、どうしたの？　そんなに汗かいちゃって。暑い？」

　ついに自分に向けられた千詠子の視線と、それに続いて顔を上げた結花里の視線に、弘樹は真っ赤になっていく自分がわかった。

「こ、このシャツ、意外と暑苦しい生地なんだ。失敗したよ……」

「あら、そんなふうには見えないけど」

　手を伸ばした千詠子が袖口をつまんで中指と親指で生地を確かめた。

（何するんだよ、叔母さん……やめてよ……）

服飾デザイナーの千詠子の指先は、弘樹の嘘をすぐに見破るにちがいない。

「割と涼しい生地だと思うけど……そんなに暑いなら脱いじゃいなさいよ。ねェ、結花里さん、たまには若い男のヌードを見るのもいいんじゃない？」

袖口から指を離した千詠子は結花里の方を向いて陽気に言った。

「まあ、千詠子さんは相変わらずね。弘樹くん、かまわないわよ。冷房を入れてあげたいけど私達は風邪をひきそうだもの。ごめんなさいね」

「あの……本当はこのごろ、ホットコーヒー飲むと汗をかくようになっちゃって……」

何とかその場は治まり、気をきかせて結花里が持ってきた濡れたタオルで弘樹は顔を拭いた。ほんの少しずつだが、弘樹は落ち着きを取り戻していった。

「英語ができるっていいなァ……ぼく、英語が苦手で……高校入試でいちばん頭の痛かったのが英語なんだ。英語さえできたら、大学入試も楽なんだろうけど……」

「結花里さんに個人教授してもらいなさいよ」

「えっ！」

「なによ、その声……」

あまりに大きい弘樹の声に、千詠子がびくりとした。弘樹もそんな声が出てしまうとは思っていなかった。どっと汗が噴き出した。

　個人教授という言葉は甘美で妖しかった。英語の個人教授というより、さっき妄想したインナーを脱いでいく結花里の姿を甦らせ、もっと別の個人教授を脳裏に浮かべてしまった弘樹だった。

「ね、結花里さん、別に外で仕事してるわけじゃないんだし、近所のよしみで、この子に英語教えてくれない？　弘樹ちゃん、どう？」

　喉がコクコク鳴るだけで、弘樹はすぐには言葉が出なかった。

（結花里さんに個人教授してもらう……ふたりっきりで……）

　夢のようだ。だが、結花里は何と言うだろう。

「この子、とってもいい子なの。私がオムツも替えてあげてたのよ。赤ちゃんのときからよく知ってるけど、ほんとにいい子だから」

　いい子だからと言われると、ポケットのパンティがやけに重くなった。

（結花里さんのパンティ盗んじゃったんだ……万引だっていちどもしたことがないのに、ぼく、生まれてはじめて泥棒しちゃったんだ……ばれたらどうしよう……）

　結花里だけでなく、千詠子にも見捨てられるだろうか。

　またトイレに行く振りをして、今ならもとに戻せる。だが、手放したくないという気持の方が強かった。

「人に教えるなんて自信ないわ……弘樹くんが大学受験に失敗したら私の責任になってしまうわ。申し訳ないもの」

「あ、あの……教えてください……ほかの科目に比べると英語の成績が悪いから、近くにいい先生はいないかって、ときどき母がグチをこぼすんです……」

どうしても個人教授してもらいたかった。でなければ、いつまたここに来られるかわからない。千詠子だけやってきて、弘樹は二度と来る機会がないかもしれない。

「そうねェ……じゃあ、弘樹くんのお母さまが私でもいいとおっしゃったら……」

「お、お願いします！」

その瞬間、世界が薔薇色に染まった。

帰るとき、個人教授とパンティを持ち出せたことに、弘樹は舞い上がりそうだった。

ポケットから出した結花里のパンティはつるつるしていて、どうやらシルクのようだ。盗むときはただ闇雲に手が伸びて、すぐにポケットにつっこんだので、白い小さなパンティということしかわからなかった。

皺くちゃになってしまったのが残念だが、これを結花里が穿いていたと思うと全身が熱くなり、血管を流れる血がふつふつと沸騰しているように感じて指先が震えた。

「結花里さん……」

弘樹は手にしたパンティを鼻に押し当て、大きく息を吸った。弘樹の知らない淫靡な匂いがようやく嗅ぎとれるほどかすかに残っていた。生まれてはじめて知った〝女〟の匂いは強く鼻孔を刺激した。わずかな匂いにも拘《かかわ》らず、弘樹にとっては強烈すぎた。

「これが女の人の匂いなんだ……どうにかなりそうだよ、結花里さん！」

ペニスが腹を叩くほど勃起した。

仰向けになって下半身裸になると、左手でパンティをつかんで鼻に押し当て、右手でペニスをしごいた。生まれ持った男の本能として、〝女〟の匂いが芳しく、また妖しいものだということはわかっていたが、これほど強烈な興奮を引き起こすものとは思わなかった。淡い匂いでこれほど昂ぶるものなら、脱いだすぐのインナーはどんなに激しく欲望を刺激することだろう。

汚れたパンティなど結花里が穿いているはずはないとわかっていても、一日中歩きまわって汗にまみれている結花里を想像した弘樹は、朝早くから穿きっ放しだったパンティを深夜遅く帰宅して脱いでいる姿を浮かべていた。

結花里は早朝から電車に揺られ、遠くの駅で降り立った。その間にずいぶん汗をかいた。それから友人に会い、喫茶店でジュースを飲んだ。話が弾んでもう一杯ジュースをお代わりし、トイレに立った。パンティを下ろして音をさせないようにそっと排泄するしとやかな結花里……。けれど、ほんの少し小水の飛沫《ひまつ》がパンティについてしまった。

喫茶店を出て、友人とウィンドーショッピングをしたため、結花里はまたずいぶんと汗をかいた……。

夕食をすませて深夜に戻ってくるまで、結花里はもちろん汗ばんだインナーを替える機会はなかった。すっかり汚れちゃったわ……。ぽっと頬を染めながらそんなことを呟き、誰も見ていないのに恥じらいながらこっそりと脱衣場でパンティを脱いだ。そして、それを見るのも恥ずかしいというように、すぐさま洗濯機のいちばん底に隠すように放りこんだ……。

それから結花里は風呂に入り、湯槽に入る前にシャワーを浴び、汗ばんでわずかに小水の名残もとどめている秘園にシャボンをたて、恥ずかしい匂いを洗い流していった……。けれど、洗濯機のパンティにはまだ濃い〝女〟の匂いが染みついているのだ。

弘樹はまた盗んだパンティを鼻に押しつけて大きく息を吸った。

「ああ……こんなに凄い匂いをつけちゃって……結花里さん、恥ずかしいでしょ？　いつだって風呂上がりみたいに綺麗にしているのに、今夜はどうしてこんなに汚れるまで穿いてたの？　こんなに匂うよ。こんなに……ほら、こんなに……オシッコの匂いもするみたいだ……アソコの匂いといっしょになってむんむんしてるよ……なんていやらしい匂いなんだ」

かすかな匂いが、膨らんだ妄想のなかで強烈な匂いとなって漂った。

洗濯機の前に立ってパンティに鼻を押しつけている弘樹に風呂から上がってきた結花里が気づいて声をあげた。

『やめて！　弘樹くん、やめて！』

「もう嗅いじゃったよ。結花里さんがこんなに汚れたパンティを穿いてたなんて」

『いや！　言わないで！』

弘樹の手にしたものを取り上げようとしてさっとかわされ、結花里は顔を覆っていやいやをした。

「結花里さん……パンティは汚れてる方がいいんだ。だって、うんと結花里さんの匂いがするから……ぼくを抱いて……大きくなったペニスに触って……好きだ……ああ、結花里さん……」

千詠子をオナペットにするとき都合のいい勝手な想像をするように、弘樹は今、恥じらう結花里とふたりきりだった。

ほんのり紅色に染まった裸体を晒《さら》している結花里は、おずおず弘樹の前に跪き、やさしくペニスに手をかけた。

「ああ、そうだよ。気持よくして。イッちゃうよ、結花里さん……ああっ！」

噴き上がってきた精液が、ピュッ、ピュッと勢いよく腹部に飛び散った。いつもより大きな火の玉が駆け抜けていった。

四肢を投げ出してしばらくぼっとしていた弘樹だったが、顔の横に落ちたシルクのパンティを手に取ると、すぐさま〝男〟は回復した。

パンティを裏返した。昂ぶりは最高潮に達した。今まで裏返すという行為を考える余裕さえなかった。

二重になった舟底に、よく見ないとわからないほど小さな染みを発見したとき、弘樹は布団を被って獣のような声をあげた。

染みに鼻を押し当て、頬にすりつけた。

二度目のマスターベーションは呆気ない時間で終わった。それでも目は爛々《らんらん》と輝き、鼻息は荒く、まだまだ眠れそうになかった。

2

週に二回、火曜と木曜に弘樹は結花里の家を訪れることになった。一昨日、個人授業ははじまったばかりだ。

月謝などいらないと言う結花里だったが、それではよけい気を使うことになるからと、泰子は一昨日、弘樹といっしょに小菅家を訪ね、わずかだが月々支払うことにした。

そういうわけで、ふたりきりになれると思っていたのに泰子がついてきたので、いまだに弘樹の欲求不満は糸を引いていた。

(きょうこそふたりきりになれる……)

弘樹は期待に震えそうになっていた。

泰子と訪れたとき、パンティを盗んだことを知られていたらどうしようという不安をぬぐいきれなかったが、結花里はそんなことには微塵《みじん》も気づいていないようで、愛想よくふたりを出迎えた。そのとき、

(あのシルクのパンティ、ぼくのものになったんだ!)

笑い出しそうになり、弘樹は平静を装うのに躍起になった。

泰子は挨拶をしたらさっさと帰るものと思っていたのに、結花里に招かれて居間に通され、とうとう最後までそこにいた。

しかし、きょうこそふたりきりになれるのだ。

小菅邸に向かう弘樹の足は軽く、これが無重力の感覚かな、などと思っていた。

玄関のドアをあけるときの胸のときめき。その一瞬は勉強のことなど忘れている。好きな

人に会えるという昴ぶりしかない。

衿と半袖の袖口がレースで縁どられた白いブラウスと、チューリップのような黄色い膝上までのミニタイトで現れた結花里はいかにも無垢な感じがして、やはり人妻には見えなかった。

「いらっしゃい。さあ、上がってちょうだい」

「し、失礼します……」

結花里を前にすると興奮に落ち着きを失って、弘樹はすぐには満足に喋ることさえできなくなってしまう。

テーブルに着いた弘樹は、額に滲んだ汗を拭《ふ》いた。

「冷たいジュース飲んでからお勉強はじめた方がよさそうね。何が好き？　アップルとピーチとオレンジとグァバと、ほかに何があったかしら……それともアイスコーヒーの方がいい？」

「アイスコーヒーをいただきます……」

本当はピーチジュースが好きだが、ジュースの類よりアイスコーヒーの方が大人っぽいだろうと、弘樹は迷わずそう言った。

「ホットコーヒーじゃないから、いつかみたいに汗はかかないのね。ちゃんと汗がひくといいわね」

「あ……はい」

ドキリとした。

「私もいただくわ」

結花里がキッチンに立った。

（今、走って洗面所に行けば、結花里さんに悟られないように、結花里さんが戻ってくるまでにパンティを盗ってこれるかな……大丈夫かな……もう一枚欲しいな……それとも洗濯機は空かな……）

洗濯機のところまで行ってみたいが、結花里が戻ってくるまでに間に合わない気もする。トイレに行っていたと言えばその場は済むだろうが、あとでパンティがなくなったことに気づかれたとき、犯人は弘樹しかいないとわかってしまう。

これきりここに来られないばかりか、千詠子や泰子にも知られてしまうだろう。

（ママや叔母さんにまで知られてしまったら、ぼくはこれからずっとうしろ指さされることになる……でも、欲しい……結花里さんの匂いを嗅ぎたい……）

秘園に密着した下着を生まれてはじめて嗅いだ数日前の興奮。恥じらう結花里を思い浮かべての破廉恥《はれんち》な妄想……。あれから毎日、その結花里のパンティでオナニーをしているが、欲望には限りがなかった。

別のパンティが欲しい。ブラジャーもスリップも欲しい。手を拭いたハンカチも欲しい。ストッキングも欲しい。靴も欲しい……と、結花里に関するものが何から何まで欲しくなる。

（どうしよう……今行かないと……早く行かないと……）

ためらっているうちに、結花里がふたり分のアイスコーヒーを持ってきた。

パンティドロを実行できなかった落胆と、無茶なことをしなくてよかったという安堵がないまぜになっていた。

「千詠子さんとあんなところで十数年ぶりに偶然会うなんてね……そして、千詠子さんの甥の弘樹くんに英語を教えることになるなんて、何だか信じられないわ」

やさしい笑みを浮かべた結花里が、ストローを口に含んでアイスコーヒーを飲んだ。

（ぼくもストローになりたい……そのセクシーな唇に触れてもらいたい）

見つめていると、股間がもっこりしてきた。

（まずいよ。こんなとき……）

焦《あせ》るほどにますますペニスは元気になってくる。

「どうぞ、召し上がってちょうだい」

「あ……はい……」

弘樹は真っ赤になった。

みるみるうちに上気した弘樹が結花里には不思議だった。

同世代の女の子相手なら、純情そうな弘樹が赤くなるのもわかるが、千詠子とふたつしかちがわない結花里がアイスコーヒーをちょっと勧めただけなのだ。

「弘樹くんって恥ずかしがりやさんなのね。ホットコーヒー飲まなくても汗をかいちゃうみたいね」

弘樹はますます熱くなってどうしていいかわからなくなった。ペニスもいっそう大きくなった。

それから、勉強どころではなかった。

せっかく個人教授してもらうことになったのに、結花里への思いが大きすぎて、彼女の言葉も右から左へと抜けていく。

結花里の声が天使のような響きで聞こえてくるのは、無意識のうちに、言葉というより音楽のような感覚で受け止めてしまうからだ。そして、結花里の唇の動きや、瞬くときのカールした長い睫毛の動き、喉元の白さ、テーブルに載っている透明に近いピンクのマニキュアを塗った桜貝のような爪などに視線がいって、ときには、ブラウスの膨らみの下のなめらかだろう乳房を想像したりもしてしまった。

英語の個人教授をしてもらっているというより、綺麗なメロディに身を浸しているくせに、下半身はどうしようもなく猥褻に興奮してしまうといった困り果てた場所にたたずんでいる弘樹だった。

そんな世界から弘樹を現実に引き戻したのは、電話のコール音だった。

「ちょっとごめんなさいね」

コーナーの電話を取った結花里が背を向けた。

弘樹は考えるより早く、テーブルの隅に置かれているふたつの空のグラスの位置を逆にした。空といっても、氷が溶け、底に薄い液が溜まっている。

弘樹は新しい『自分のグラス』を引き寄せ、ストローを取って口に含んだ。

（ああ、何て甘いんだ……ぼく、結花里さんと間接キスしちゃったんだ……）

感動と興奮に躰が熱くなった。

その甘さが、ストローについたアイスコーヒーのシュガーの甘さだったとしても、今の弘樹には結花里の唇の甘さ以外には考えられなかった。

短い電話のあとで結花里が振り返った。

弘樹はびくりとした。

（まあ、どうしたの……私のことを怖がってるみたいじゃないの。そんなにびっくりするなんて……）

結花里は笑いを装いながら、わずかに首をかしげてみせた。

「あ、あの……また喉渇いちゃって……」

少しでも長く結花里といっしょにいたいのは山々だが、興奮しすぎて弘樹は逃げ出したくなった。このままここにいては、オスの本能として、結花里を闇雲に押し倒してしまうような気がして恐ろしい。

「またアイスコーヒーでいいの？」

結花里は苦笑した。

（今どき珍しいほど純情で、羞恥心の強い子なんだわ……この子が陽気で発展家の千詠子さんの甥だなんて……）

おどおどする弘樹が可愛く見えた。

最近の高校生は躰が大きいし、結花里には子供がいないだけに、ちょっと不良っぽい男生徒が二、三人集まっているだけで恐怖さえ感じることがある。それに比べ、弘樹は信じられないほどうぶだ。

「ジュースがいい？」

「い、いいえ……いいんです……」

「遠慮しないでいいのよ」

「でも……」

「男の子が遠慮するなんておかしいわよ」

「じゃあ……またアイスコーヒーください……」

弘樹はしっかりと結花里のストローを握り、グラスだけ押しやった。

二杯めのアイスコーヒーを同じグラスに入れてきた結花里は、新しいストローをつけてきた。

「これでいいです……もったいないから……」

弘樹は結花里のストローをさっとグラスにさしこんだ。

「もったいないって言葉、弘樹くんのような若い子でも使うことあるのね。若者の間ではとうに死語になってるかと思ったわ」

何も感づいていないらしい結花里に、弘樹は安堵とうしろめたさを感じた。

約束になっている結花里との二時間が過ぎたとき、弘樹はふたり分のグラスとストローをさっと持った。

「ぼく、洗っていきますから」

「あら、いいのよ、置いていって」

「じゃあ、キッチンに持っていくだけでも」

「たったそれだけだもの、いいのよ、弘樹くん」

弘樹はグラスとストローを取られないうちにと、まだ入ったことのないキッチンにさっさと向かった。

そして、ストローはコーナーの蓋つきのゴミ箱に捨てた振りをした。わざわざ結花里がゴミ箱をあけて調べてみることなどないだろう。

不審に思われずに結花里のストローを持ち帰るには、どうしてもグラスをキッチンまで自分の手で運ぶ必要があった。

そのストローを持ち帰るのに成功したときは、ただ悦びだけに満たされて、バンザイと飛び上がりたいほどだった。

ベッドのなかほどにシルクのパンティを広げた弘樹は、結花里の躰を想像して、そのパンティより五、六十センチ上の顔のあたりにストローを置いた。

(早くブラジャーやスリップも欲しいな……)

弘樹の夢は、ヒール、ストッキング、パンティ、ブラジャー、スリップ……と、結花里のものを全部並べてオナニーすることだった。

結花里本人といっしょに横になることができるなら、それにこしたことはない。そうできるなら、結花里の言うことを何でも聞いて、触っちゃだめ、と言われればどんなに苦しくてもじっとしているだろう。オナニーしたいのも我慢する。横になって結花里を見つめていられるだけでもいい。

けれど、それは叶《かな》うはずもない夢だ。だから、弘樹はどうしても、結花里の全身を包んでいるものが欲しかった。

（新品や洗濯しているのじゃだめだ。結花里さんの匂いのついたものじゃないと。やっぱり欲しいな……洗濯機のなかのもの……見るだけでもよかったのに……）

トイレに立つ振りをして、どうして洗濯物を手に取ってみなかったのだろう。匂いを嗅いでみなかったのだろう。弘樹は後悔した。

パンティをもう一枚手に入れることができるなら、最初の一枚を穿いてマスターベーションし、白いシルクの布のなかに思いきり精液を噴きこぼすのが夢だ。

今は貴重な一枚だけに、汚すことはできない。汚して洗ってしまったら価値は半減してしまう。

（だけど、結花里さんの唇に挟まれたストローが手に入ったんだからな……）

横になり、ベッドに置いたストローに唇をつけた。

目を閉じた弘樹は、衿と半袖の袖口がレースで縁どられたきょうの白いブラウスと、チューリップのような黄色い膝上までのミニタイトを穿いた結花里とキスしていた。

耳朶を真っ赤にした結花里は可憐で、弘樹が童貞で結花里が人妻というより、結花里が処女で弘樹がリードしているような感じだった。唇をじっとつけているのを恥じらって、結花里はすぐに顔を離して顔を背けようとする。

「結花里さん……だめだよ、横を向いちゃ……結花里さんの甘い唾液が欲しい……まだちょっとしか飲んでないんだ……」

『そんなの……そんなの、いや……』

「どうして？」

『だって、そんなもの……』

「あんなに長く穿いてたパンティの匂いだって嗅いだんだよ。ちょっとオシッコの匂いもしてたんだ。だから、もうぼくに対して恥ずかしいことなんてないはずだよ」

『言わないで！　そんなこと言っちゃいや！　恥ずかしい……』

結花里は顔を覆って身悶えし、立ち上がってドアの方に走っていく。それを追いかけ、抱き締めて、唇を塞いだ……。

亀頭はすでにぬるぬるしている。弘樹は人さし指でぬるぬるを広げた。それは、ドアのところで弘樹と唇を合わせている結花里が恥じらいながらも手を伸ばし、彼のペニスを触っているのだ……。

弘樹も黄色いチューリップのようなミニタイトの裾に手を入れた。パンティに近づくにつれてまくれ上がっていくスカート。弘樹の手は熱い太腿を這って、未知の部分に辿り着こうとしていた。ストッキングのようなつるつるの太腿がじっとり汗ばんで熱くなってくる。

『いや……そんなことしないで……』

唇を離した結花里が細い綺麗な弓形の眉を寄せながら、泣きそうな顔を弘樹に向けた。

「触りたいんだ。だって、結花里さんが脱いだパンティにしか触ってないんだよ。指で触ってみたいんだ。ぼく、まだ女の人のそこ、触ったことがないんだ。見たことだってないんだ。だからどうなってるか知りたいんだ……」

『だめ……そんなことだめ……』

逃れようとした結花里に、弘樹はぐいっとパンティの隙間から指を押し入れた。

『ああ！　許して！』

歪《ゆが》んだ美しい結花里の顔が広がったとき、あの妖しい〃女〃の匂いが弘樹の鼻先に広がって、オスの興奮が爆発した。

「ゆ、結花里さん……ん、んんっ！」

青臭い濃いザーメンは、勢いよく腹部を通り越し、胸の方まで飛んでいった。

弘樹は痙攣し、尻と太腿をガクガクさせた。

ペニスを握っていた左手が落ちた。だが、右手で持っていたシルクのパンティは、弘樹の顔を覆ったまま視界を遮っていた。

荒い息をするたびに、結花里のインナーのかすかな匂いが鼻腔を刺激しながら肺へと流れていった。

弘樹は快感の余韻と倦怠感に身を浸しながら、軽すぎる顔面のパンティを、恥じらう結花里の可憐さのようだと感じた。

3

洗濯するときは気づかなかった。干すときも気づかなかった。結花里がショーツのなくなっていることに気づいたのは、洗濯物を取り入れて畳んでいるときだった。

（変ね。これで最近二回め……落っことしたのかしら。それとも風で飛んだのかしら）

最初のときは、小さなものなのでどこかに紛れこんでしまったのだろうと思った。けれど、半月ばかりの間に二度も見あたらなくなってしまうと首をかしげてしまう。

洗濯機のなかと周辺をもういちど探してみた。それから洗濯物を干していた裏庭の芝生のあたりだけでなく、敷地の隅々まで探してみたが、やはり見つからなかった。

結花里は風呂に入るときはもちろん、汗をかいたりするとまめにインナーを取り替える方だ。そして、洗濯は毎日必ずするが、天気がいいときは外に干し、雨のときは乾燥機で乾かす。

前回シルクのショーツがなくなったときもきょうも外に干したので、もしかして一瞬だけ突風が吹いて飛んでいったのかもしれないという考えも捨てるわけにはいかないが、不思議でしかたがなかった。

今夜は夫の潤一郎《じゅんいちろう》は戻ってこない。仕事の都合でと言っていた潤一郎だが、結花里には夫の愛人の影がちらついていた。

結花里よりも十八歳も年上の潤一郎だけに、五年前、大学を卒業して結婚するときには、頼り甲斐のある伴侶と思えた。

実家の建て替えに際して結花里の父が設計を頼んだのが、小菅設計、つまり潤一郎の事務所だった。

結花里は実家にやってきた潤一郎にお茶を出し、そのとき彼に話しかけられ、結果的に、大学を卒業してから結婚するという話にまですすんでいった。

仕事熱心で包容力のある男に思えた。結花里も両親も潤一郎のことが気に入った。

都会では今の時代、男が四十歳で独身であろうとそれほど奇異なことでもないが、潤一郎の実力と収入があれば妻帯しているのが当然に思えた。

『ぼくは女性に関して、いつまでも夢見る少年なのかもしれません。いつか理想の女性に巡り会うまではと選《え》り好みしていたら、もうじき三十代も終わりというところまできてしまいました』

なぜ今までおひとりで……という両親の問いに、潤一郎はそうこたえた。

それを信じていたが、結婚して一年ほどたったとき、夫に別の女がいることを知った。銀座に店を出すというクラブのママに設計を頼まれたときから、そのママと関係が続いていたのだ。自分と結婚する前からの関係だと知り、結花里のショックは大きかった。

『俺は結花里を愛しているから結婚したんだ。結婚するのはおまえしかいないと思った。男というものは俺に限らず、誰でも女房以外の女に手を出すものさ。そして、そのたびに女房への愛を確信するものなんだ……あの女とはもう別れる。別れようと思っていたんだ……』

潤一郎はそう言うと、いつもより濃密に結花里を抱いた。

結花里の夫への愛はそれから冷めている。

表面上、以前と変わらない生活を続けているが、内面は大きく変わっていた。

できるだけ潤一郎とは肌を合わせたくなかった。体調が悪いなどと偽りの理由をつけて、夫婦生活を拒むことも珍しくなかった。

そうすると、精力的な潤一郎は外で性欲を処理することになる。そんな悪循環がわかっていても、結花里は以前のように夫に甘え、躰をまかせることができなかった。

(きっとあの人のところだわ……)

怒りより虚しさを感じながら、結花里は窓の外をぼんやり眺めた。

そんな結花里の最近の楽しみは、弘樹に英語を教えるようになったことだ。

ひょんなことから久々に先輩の千詠子に出会い、それだけでも懐かしくて嬉しかったのに、甥の弘樹を紹介され、週に二回、教えることになった。

中学のテニス部ではよく面倒を見てもらった。尊敬する先輩だったが、高校、大学と別々の学校を選んだし、二歳ちがいということで、いつのまにか疎遠になってしまっていた。

再会してみると千詠子は服飾デザイナーとして名声を高めつつあり、やっぱり千詠子先輩は凄いわ、と自分のことのように嬉しかった。そして、弘樹とも知り合えた。

最初は夫とのこともあり、家庭教師など乗り気ではなかった。何をしても面白くなく、いくつかの稽古ごともときどき休むようになっていたし、ただぼんやりとしていたいと、生活が消極的になっていた。けれど、千詠子からの依頼でもあり、なかばやむなく引き受けた。

今では引き受けたことをよかったと思っている。弘樹はまれに見る純情少年のようで、すぐに赤くなる。何か質問すると、かっと汗ばみ、ついつっかえてしまう。

そんな十一歳年下の弘樹を、結花里は可愛いと思っていた。まだ大人の醜《みにく》さを何も知らない無垢な少年なのだ。

夫とふたりきりの偽りの生活を続けているだけに、結花里は弘樹と向かい合うと、汚れた躰が浄化されるように感じた。

今では週二回の個人教授では物足りなく感じ、せめて二日に一度の割で教えられたらとさえ思っていた。

(あしたは弘樹くんが来るんだわ。おいしいおやつでも作っておこうかしら)

結花里はキッチンに向かった。

一時間ほど勉強したあと、

「ちょっとお休みしておやつの時間にしましょうね」

結花里は紅茶とパイを持ってきた。

「手作りだからおいしくないかもしれないわ。無理して食べないでいいのよ」

パンプキンパイだと言われ、弘樹は目を輝かせた。

「叔母さんから聞いたんですか」

「えっ？　何を？」

「ぼくはパンプキンが大好きだってこと」

「あら、そうなの？　聞いてないわ。そう、よかったわ。いくらでも食べてね。帰りに少し持って帰ってね。主人は甘いもの、食べないから。持って帰ってくれる？」

想像以上の弘樹の悦びに、結花里の心は浮き立った。

主人は、という言葉が出てきたとき、弘樹の方は結花里の夫に嫉妬した。結花里の夫なら、夜になると結花里といっしょに休むはずだ。それを考えると、夜、ベッドでオナニーしたあとでも、目が冴《さ》えてなかなか寝つかれないときがある。

(結花里さんを抱くんだろうか……結花里さんを毎日自由にしているんだろうか……いやだ！　そんなの許せない！　いやだ……)

日に日にそんな思いが強くなってくる。

「あ……いいのよ……無理に持って帰らなくても。押しつけちゃ悪いわね」

急に押し黙った弘樹に、結花里は慌てて言った。

「えっ……？　あ……いいんですか？　これ、お土産にもらっていっても。叔母さんもよく作ってくれたんです。叔母さんのパイもすごくおいしいけど、先生のパイの方がもっとおいしいみたいだな」

弘樹はパイを口に運んだ。甘さのちょうどいい好みの味だった。

「おいしいよ、先生。いくらでも食べれそうだよ」

単純に結花里の夫のことを忘れた弘樹は、パイを食べながら、微笑む結花里を見つめてはうっとりした。

「ね、弘樹くん、先生って呼ぶの、もうやめてちょうだい」

「どうして？」

本当はパンティドロしたことがばれていて、きょう限りで家庭教師はおしまいにすると言われるのではないか……。弘樹は天国から地獄へまっさかさまに落ちていく気がした。

「先生って呼ばれたら、弘樹くんは生徒ということになるわ」

「だって……そうでしょう……？」

「弘樹くんのこと、弟みたいに思えてきたの。だから、お姉さんと呼んでほしいわ」

夫の潤一郎とはもともと他人だった。結婚しても、夫婦は所詮《しょせん》血の繋がっていない他人でしかない。この外見だけの夢の詰まっているような洋館に住んでいながら、結花里は毎日鬱々《うつうつ》とした生活を送っている。

弘樹がやって来るときだけ心がなごむようになった。だから、結花里はせめてこの純粋な弘樹と血の繋がった兄弟ごっこをしたくなったのだ。

お姉さんと呼んで、という結花里の言葉は何と甘美な響きだろう。弘樹は鼓動を高鳴らせながら、どうこたえていいのか、あまりの嬉しさに、すぐには言葉を探せなかった。

「図々しいかしら……弘樹くんからすると、私はもうオバサンですものね……」

「そんなことないよ……ぼく、はじめて先生に会ったとき、まだ結婚なんかしてないと思ったんだ。年よりうんと若く見えるし。だから、すごくびっくりしたんだ……」

人妻だと知ったときショックでがっかりしたとは言えなかった。それに、千詠子に紹介されるずっと前から知っていたこと、あとまでつけたことはまだ秘密にしているし、いまさら口に出せるはずもない。

「呼んでくれるの？」

「先生をお姉さんって？　だけど……」

お姉さんと呼べば姉と弟。想像のなかでだとしても、キスしたり、マスターベーションを手伝ってもらったりするのはおかしくないだろうか……。

弘樹は結花里のことを性の対象として見ている。だからパンティも盗んだ。その「結花里さん」が「お姉さん」になってしまってはなんとなく困ってしまう。

（近親相姦になっちゃうよ……）

「いや？　いいのよ……変なこと言っちゃったわね……ごめんなさいね。私ひとりっ子だし、弘樹くんみたいな可愛い弟がいたらいいなって思ったの。弘樹くんみたいな息子って言ったらおかしいでしょう？　だって、十一歳のときの子供になっちゃうものね」

結花里はそう言ったが、彼女の子供だったらよかったのにと、弘樹は思った。毎日いっしょに暮らせるし、赤ん坊のとき、堂々とお乳だって飲めたはずだ。

（結花里さんのオッパイって、きれいだろうな……）

そう思った瞬間、またペニスがムズムズとして、勃起をはじめた。

「忘れてね……おやつが済んだらまたお勉強よ」

「あ、あの……ぼく……お姉さんもいいけど、結花里さんって呼びたいんだけど……お姉さんって呼ぶの、ちょっと恥ずかしいんだ。ぼくもひとりっ子だし、叔母さんのこと、ずっとお姉ちゃんって呼んでたんだ。だけど、なんだか恥ずかしくなって、どうしてか、ぼくにもわからないんだけど……それで、このごろ叔母さんと呼ぶようになったんだ……だから……そのうち、お姉さんと呼べるようになると思うから……えっと、今は……」

千詠子に対しては性を意識してからお姉ちゃんと呼べなくなった。結花里に対しては、恋人にしたいからお姉さんなどとは呼べない。

弘樹は何とか「結花里さん」で納得してもらいたかった。だが、喋れば喋るほどしどろもどろになってしまう。

「いいわ。結花里さんでも」

先生よりはいいと結花里は思った。

「それからね、英語のお勉強、週二回でも三回でも、私にはおんなじことなの。月謝は今のままでいいから、お母さんに聞いてみて、もしいいと言ってもらえたら、来たいときにいつでもいらっしゃい」

「ほんとに！」

「ええ、電話して私がいるのを確かめてからよ。留守だと弘樹くんに悪いから」

「ぼく……もっと教えてほしかったんだ。ママもきっと喜ぶよ」

毎日でも来たいと思っていた弘樹だけに、その話にはすぐ飛びついた。運命の女神が微笑みだしたのだと思わずにはいられなかった。

「ゆ、結花里さん……パンプキンパイ、お代わりしていいですか……」

「ええ、いくらでも弘樹くん」

意外な展開に、空の皿を差し出す弘樹の手が震え、皿を落としそうになった。

家に戻った弘樹は昂ぶりを抑えきれず、さっそく結花里のパンティを出してマスターベーションをはじめた。

（早くブラジャーも欲しいな。結花里さんのきれいな乳房を包んでいるブラジャー……）

ブラジャーまで手に入れたときのことを考えると、ペニスをしごきたてながら弘樹はますます興奮した。

第四章　偽りの愛撫

1

夢を失っていた結花里は、弘樹に会ってふたたび夢を取り戻したような気がして、毎日に張りがでてきた。

弘樹のためにワープロで独自の英語のプリントをつくるようになった。休息時間のおやつも手作りになった。ジュースも新鮮なフルーツを使って、その場で作ってやることになる。

弘樹の嬉しそうな顔を見ると、この子は何のかけひきもなしに、私のためにほんの些細なことで喜んでくれるわ……と感動してしまう。

一方、外に出てばかりいる泰子の都合でお帰りなさいと言ってもらえることが少ない弘樹は、慣れっこになっているとはいえ、ときには淋しい思いもしたものだが、最近は小菅家を訪れることが多く、結花里の子供のような気がしてきた。

とはいえ、あくまでも結花里は「ママ」でも「お姉さん」でもなく、「結花里さん」という他人でありながら、肉親より親密な存在としての「恋人」的存在だった。

毎日下校時間が待ち遠しくてならなくなった。

授業が終わると、校門を出てすぐのところにあるコンビニエンスストアーの前の電話ボックスから、結花里に電話をかける。

『いるわよ。いらっしゃい』

いつもそう言われ、歩くのがもどかしくなり、途中で駆けたりしながら帰宅する。

鞄《かばん》を持ったまま結花里のところへ行きたいのは山々だが、急いでシャワーを浴びて汗を流し、着替えていく。家庭教師のところへ行くのではなく、恋人とデイトという感覚だ。

玄関に立った結花里に、弘樹は息を飲んだ。

藍地に薄紫やブルーの大きな蝶をあしらったゆかたに赤い帯を締めている。着物姿やアップにした髪を見るのは、弘樹にははじめてだった。

いつも結花里のことを美人で清潔で純粋な女性だと感じていたが、きょうの結花里ははっとするほど妖しく、すっかりあらわになった首筋や額や、逆三角形に晒された衿元の肌が眩しい。

いつもとちがう雰囲気に、弘樹はつっ立ったまま結花里を見つめていた。

これまで弘樹の感じていた結花里が透明に近い白い色だとしたら、目の前のゆかたの結花里は悩ましいピンクの陽炎《かげろう》だ。

「変かしら……」

「とっても似合ってるよ……いつもとあんまりちがうから……すごくきれいだ……」

それだけ言うと唇が渇いた。

「普通の着物より堅苦しくないでしょ？　さあ、上がってちょうだい」

ゆかたなので結花里は素足だった。素足を見るのもはじめてだ。

先に立って居間に向かう結花里の、裾すれすれのきゅっと引き締まった踝に、弘樹は熱い視線を張りつけた。

いつにも増して結花里が女っぽい匂いをまき散らしているぶん、弘樹は男としての自分の意識が鋭くなるのを感じずにはいられなかった。早くもペニスは勃起の兆《きざ》しを見せはじめた。

（困ったな……結花里さんのせいだ。どうしてそんなに色っぽいんだよ……どうしたらいいんだよ……）

まだセックスを知らないが、結花里を抱き締めたいと本能的に躰が欲している。押し倒してしまいたいとも思っている。けれど、結花里は人妻なのだという事実が、辛《かろ》うじて弘樹の行動を抑えていた。

（ぼくは一生、結花里さんとこのままなんだろうか……手も握れずに、キスなんかもちろんできないで、ただ見つめているだけしかできないんだろうか……）

昴ぶりの裏で、虚しさと哀しみが満ちてきた。

「暑かったでしょう？　水羊羹《みずようかん》をつくったの。まず、それを食べて冷たい麦茶でも飲んでからお勉強しましょうね」

テーブルに着いた弘樹に、結花里はすっかりくつろいだ口調で言った。

「ね、結花里さん……」

「なあに？」

「きょうはあんまり勉強したくないんだ……ママはまた出かけてて留守だし、家にいるよりここの方がいいなって、それで来てしまったんだ……いけなかった？」

いちおう英語を教えてもらうつもりだったが、こんな結花里の艶《あで》やかさの前では、勉強どころではない。

「そう、いいのよ。いつもお勉強だけじゃつまんないわよね。週二回じゃなくなったんだもの。たまには息抜きもしなくちゃね。ともかく、まずおやつにしましょう」

「結花里さんだけの部屋はあるの？」

「ええ、あるわよ。どうして？」

「見ちゃだめかな。他の部屋も前から見てみたかったんだ」

それならと、二階の階段脇のラブソファーに座っておやつを食べることになった。

廊下といってもグランドピアノを置けそうなほど広く、ゆったりしたフロアーといった感じだ。

そこから部屋のドアが四つ見える。弘樹にとっては秘密の詰まった空間だ。

白い天井から時代がかったランプが下がっている。小さなテーブルにはティファニーのランプがさりげなく置かれていた。

「結花里さんの部屋はどこ？」

「食べてから見せてあげるわ」

結花里は廊下の突き当りを指さした。

水羊羹も冷えた麦茶もおいしかった。

弘樹は夢の城で結花里と暮らしているような錯覚に陥った。

「弘樹くんにはまだガールフレンドいないのね。いたらこんなところに毎日のように来るはずないものね。弘樹くんは恥ずかしがりやさんだからでしょ？　ガールフレンドができたら紹介してちょうだいね」

衿元から覗いている白い肌が美しくて眩しすぎる。そして、その美しさと反対に、結花里の言葉は刃物のように残酷だった。

「ガールフレンドなんてできないよ……」

恨めしさと苛立ちを感じながら、弘樹は結花里から視線をはずしてお茶を飲んだ。

そのとき、宅配便の配達があった。

「ちょっとごめんなさいね」

階段を下りていく結花里を見届けた弘樹は荒い呼吸をしていた。

何も考えず、憑《つ》かれたように廊下の突き当りの部屋に駆けこんだ。

白いレースのカーテンもビューローもシングルのベッドも、視界のなかにはぼんやりとしか映らなかった。

弘樹が素早く探さなければならないのは、結花里のインナーが仕舞ってあるところだ。その可能性がないところ、無関係のものは、すぐに視界から排除された。

整理箪笥らしきものはない。

(ほかにいくつも部屋があるんだ。余計なものなんかここには置かないんだ……別の部屋かな)

だが、そう考えている間にもクロゼットをあけ、ほとんど時間をかけずに、勘だけでそのなかからインナーの置き場所を捜し出していた。カードを整理するように、ショーツやブラジャーやスリップがきれいに整頓されて詰まっている。

躊躇なくいちばん奥まったところのブラジャーとスリップを取り、ジーンズのなかに押しこんで駆け戻った。

長い時間に感じたが、席を立ってわずか一、二分のできごとだった。

息が乱れている。麦茶を飲んで呼吸を整えるよう努力した。噴き出した汗も拭《ぬぐ》った。

(あんなにたくさんあったんだ。絶対に気づかれないさ……)

結花里の匂いが染みこんでいないのはもの足りないが、いつも洗濯機から盗んでいたのでは気づかれてしまう。ともかくブラジャーとスリップが欲しかったのだ。

トランクスと重なっている腹部の結花里のインナーの感触にペニスは容赦なく膨らみ、ジーンズのなかは戦争のようだ。

階段を昇ってくる足音がした。

全速力で走ったあとのような新たな呼吸の乱れに、弘樹は、落ち着け、落ち着け、と言い聞かせた。

「ごめんなさいね。お中元だったわ」

何も気づいていない結花里が弘樹の横に腰掛け、水羊羹を口に運んだ。

「庭も見てみたいな……いつもリビングから外を眺めるだけだったから」

早く二階から下りて結花里の目を別の方に向かせなくてはならない。

「そうね。本当にリビングだけだったものね。その前に、私のお部屋見たいのね。何にも変わったものはないわよ」

「じゃあ、庭だけでいいかな……ぼく、これ、片付けるよ」

ほとんど空になっているグラスをかたむけて、すするように底に溜った麦茶を飲み干すと、慌ただしくトレイに載せた。

「ふふ、せっかちな弘樹くん」

クスッと笑った結花里も、つられるように麦茶を飲んで立ち上がった。

ジーンズの腰のあたりがごわごわしている。感づかれてしまったらどうしようと冷汗をかきながら、結花里のあとから階段を降りた。

何とか露見せずにすんだとわかったとき、胸を撫で下ろした。そして、厄介な宿題があったのを思い出したと言って、そそくさと庭の散歩を終わらせた。

ゆかた姿の結花里と長くいたかったが、いっときも早く危険な状態から抜け出さなくてはならなかった。

「結花里さん、またゆかた着たら？」

「そうね」

「あしたもゆかただったらいいな」

「じゃあ、そうするわ」

結花里に送られ、自分の部屋に辿り着いたとき、弘樹はすぐさまジーンズに押しこめていたインナーを引っ張り出した。

ブラジャーの皺はさほど気にならなかったが、スリップは皺くちゃになっていた。そこではじめて、どちらも薄いピンクだと気づいた。あのときは夢中だったし、躰の陰になって、色がついていることすらわからなかった。それほど淡いピンクだ。

ともかく緊張がほぐれ、ベッドにバタンと大の字になった。

「やった……結花里さん、ごめんね……」

起き上がる気力もないほどすっかり疲れ果てていた。

仰向けになったまま、手に入れたインナーを顔に押しつけた。体臭はついているはずもないが、甘やかなソープの香りがほんわりとして、かすかな匂いにも拘らず弘樹の欲望を刺激した。

気力を使い果たし動くのが億劫なほどヘトヘトなのに、ペニスだけはちがう生き物のように元気に立ち上がっていた。

2

久しぶりのゆかただった。

弘樹がどんな反応を見せるか結花里は興味があった。玄関に立った弘樹の強い視線に心が騒ぐのを感じた。

『変かしら……』

『とっても似合ってるよ……いつもとあんまりちがうから……すごくきれいだ……』

気に入ってくれたのだとわかり、幸せな気分になった。

夫の潤一郎も結花里の服やアクセサリーを褒《ほ》めることがある。しかし、ほかの女ともつき合っている夫の正体を知ってしまった以上、弘樹の言葉から受けるような純粋な感動は感じることができなくなっている。

(高校生の弘樹くんに褒められて嬉しいなんて、私、変ね……)

弘樹に対して男という意識はない。お姉さんと呼んで、と言ったように、息子というのでもなく、弟のような気がしている。

結花里がインナーの紛失に気づいたのは、その日、風呂に入る前だった。替えの下着を取ろうとして、いつもなら整然と並んでいるはずのブラジャーのところが不揃いなのに気づいた。

きちんとしていないと気の済まない結花里は、衣服をしまうときには、まるで洋品店にでも並んでいるような入れ方をする。

それなのに、奥のブラジャーが飛び出しぎみになっている。スリップのところもおかしい。引き出そうとしてやめたような乱れ方だ。

それは、弘樹がいちばん奥のものを慌てて引き抜いたときにいっしょに浮き上がってしまったものだった。

(ないわ！　こないだ買って一度しかつけていないスリップとブラジャー……)

気に入っていた淡いピンクのインナーで、また新しかっただけに、結花里には数多いなかのどれが消えているかすぐにわかった。

(泥棒？……いつ？)

風呂どころではなくなった。

弘樹のことなど疑いもせず、誰か屋敷にひそんでいるのではないかと、結花里は不安にいたたまれなくなった。

財布や現金の入れてある引き出し、宝石類が無事であることを確かめると、狐につまれたようになった。

（私の勘ちがいじゃないわ。確かにブラジャーとスリップは消えたのよ。すると……）

ここ一カ月ばかりの間にショーツも二枚消えている。風に飛ばされたり干すときに落としたりしたのではなく、やはりきょうのように突如として消えたのだと確信した。

（誰が……どうやって……このあたりに変な男の人でも住んでいるのかしら……）

変質者に見られているような気がして、結花里は思わず周囲を見まわした。

これほど夫の帰りを待ち遠しいと思ったのは何年ぶりだろう。

潤一郎が帰宅すると、結花里は思わず駆け寄った。風呂に入ることもできず、まだゆかたのままだった。

十時を過ぎて潤一郎が帰宅すると、たいてい結花里は風呂も済み、ネグリジェに着替えてガウンを羽織っている。それが珍しくゆかたなど着ているので、潤一郎は面食らった。やさしい日本的な一重瞼には、やはりゆかたはよく似合う。はじめて結花里に会ったとき着物だったことを思い出し、愛しさがつのった。

結婚前からつき合っている女のことを知られてしまい、それから結花里は彼を受け入れようとしなくなった。だが、潤一郎は今でもこの美しい聡明な妻を愛している。

腐れ縁が続いているのは、男を手玉に取るのが仕事のような三十なかばになるクラブのママ千春とだが、千春を抱くのは愛というより、欲望の処理に近い。

千春も割り切っており、潤一郎とはセックスの関係さえあればいいと思っている。ほかにも千春にはそんな関係の男がいるのだが、精力的な潤一郎も失いたくないという、ただそれだけのことにすぎなかった。

千春が出すという店の設計をしているときに彼女と関係を持ってしまった潤一郎だが、結花里と知り合ったとき、千春とはきっぱり切れようと思った。

最初こそ、男心をくすぐる粋《いき》な千春に愛情を感じたものだが、つき合うほどに本性を現し、とうてい結婚する女ではないと思った。それでも、千春の魔性に惑わされ、ついつい抱いてしまうことになった。

結花里に愛を感じたとき、千春に別れようと言ってみたが、潤一郎が別の女と結婚しようとしているのを知ると、

『私との関係を、いま相手に洗いざらい話したらどうなると思う？　この話は駄目になるわね。堅いところのお嬢さんならなおさらよ』

千春は彼を脅しにかかった。

結花里といっしょになりたいために、潤一郎は千春との関係をずるずると続けてしまった。どうしても結花里を失いたくはなかった。

ある日、結花里がいるのがわかっていて故意に電話を掛けてきた酔っている口ぶりの千春は、小気味よさそうに潤一郎との不倫を話してしまった。

（知られたからにはもう隠す必要もなくなった。これできっぱり千春と切れる。関係を続ける必要はなくなったんだ……千春は自分から別れようと言ってきたようなものじゃないか……）

千春への怒りもあったが、不本意な関係を解消できると、潤一郎はかえってほっとした。だが、それは潤一郎の大きな誤算だった。

潤一郎に処女を捧げた無垢な結花里は、彼がほかの女を抱きながら自分も抱いていたという生理的な嫌悪感に、躰をひらくのを拒絶するようになったばかりでなく、心まですっかり閉ざしてしまった。

無理に抱くこともあったが、抵抗し、自分からは決して受け入れようとしない態度に、潤一郎もめったなことでは手を出さなくなった。その分、欲求不満がつのる。

金を出して商売女を抱いたりしたが味気ない。潤一郎は別れたつもりの千春と、いつのまにかまたよりを戻していた。だが、いつも虚しいセックスだった……。

「あなた、薄気味悪いの。下着がなくなってるのよ。それも二階の部屋からなの。お洗濯物も最近なくなったわ。ね、誰かが部屋に忍びこんでるのよ。どこからかしら。怖いわ。ちゃんと鍵をかけているのに」

結花里は一気に喋った。

いきなりこんなに喋る結花里は久しぶりだ。話の内容より、朝の雰囲気とはまったくちがう妻の姿と態度に、潤一郎は彼女の心の内を探ろうとしていた。

ネクタイをゆるめながら、彼はいつものように、まっすぐ二階に向かった。

結花里は彼のうしろを追いながら、同じことを繰り返し話し続けた。

ゆったりした十五畳ほどの寝室のクロゼットの前で、潤一郎は背広の上着を脱いだ。それを取って結花里がハンガーに掛けた。

「すぐに鍵を全部確かめてみたのよ。一階も二階も。でも、まちがいなく全部掛かっていたわ」

潤一郎はワイシャツも脱いだ。シャツの下から厚い胸が現れた。

「下着はきのう、お風呂に入るときまでは確かにあったの。それなのに、きょう、着替えを取ろうとしたらスリップとブラジャーが一枚ずつ消えていたの。お金も宝石もあるの。ただの泥棒じゃないわ。あなた、怖い……」

怯《おび》えを見せ、珍しく胸に躰を押しつけてきた結花里を潤一郎はぐいと引き寄せ、ベッドに押し倒した。

「あう！　いや！」

唐突な行為に結花里は声をあげた。

妖しいゆかたの胸元が潤一郎をそうさせただけでなく、さっきから結花里がおかしなことを言っているのは、女として、やはり男が欲しくなったためだと彼は思った。

ほとんど手を出さなくなった潤一郎に、ついに結花里の方が業を煮やし、かといって、自分から求めるのは恥ずかしく、下着ドロを思い立ったのだ……。

たった二枚の下着を盗むために、わざわざやってくるコソ泥がいるだろうか。下着を盗むために二階にまで入りこんだのなら、もっと盗んでいって当然ではないか。スリップとブラジャーが消えたと結花里は言った。下着の欲しい男なら、ショーツを最初に盗るのが当然ではないか。

下着のことを口にすれば男は興奮するだろうと結花里は思ったのだ。それでも純情な結花里は、さすがにショーツとは言えず、スリップとブラジャーと言った……。

それだけではどうかと思い、いつもと雰囲気を変え、潤一郎の前では久しく着なくなっていたゆかたなど着て待っていた。そして、不安を装い、珍しく自分から胸に顔を埋めてきた……。

玄関で結花里が潤一郎を迎えてから顔を埋めるまでのことを、彼はそう考えた。その一瞬の思考の流れが、結花里をベッドに押し倒したのだ。

「いや！」

結花里は顔を歪め、必死に首を振り立てた。洋服とちがう胸元の乱れがなまめかしく、か細い喉の白さをいっそう浮き立たせた。

潤一郎は自分を押しのけようとする結花里の両手を押えこみ、唇を塞いだ。

「うぐ……」

まるで力ずくで犯されようとしている女のように、結花里は汗を噴きこぼしながら、ゆかたの袖がまくれて晒された白い二の腕に青筋を立てるほど本気で抵抗していた。

だが、腕をよじり、五本の指を広げて空をつかむような抗《あらが》いのしぐさをしている結花里を目にしても、いざ自分の思いが現実になってみると、久しぶりのことで動揺してしまったのだとしか潤一郎には思えなかった。

それなら、どんなに結花里が恥ずかしがろうと抗おうと、このままやめてしまうわけにはいかない。あとあと結花里を落胆させることになるだろう。

恰幅《かっぷく》のいい潤一郎に押えつけられては小柄な結花里がかなうはずもなく、徐々に抵抗の力を弱めていった。そして、鼻頭をピンクに染めてすすり泣きはじめた。けれど、潤一郎は、「こうして欲しかったの……」という意味に結花里の涙のわけを解釈した。

唇を塞いだ潤一郎が胸元から手を入れ、乳房をつかみ、乳首を指で弄びはじめると、結花里はくぐもった声をあげていっそう強い抵抗を見せようとした。

大きな潤一郎の掌にちょうど収まるやさしい椀型の乳房はすでに汗ばみ、乳首を硬くしこらせていた。半年近くも夫婦の関係がなかっただけに、結花里の躰は刺激に対して異常なほど激しく反応してくる。

「むぅ……ぐ……」

結花里が声をあげたとき、上下の歯に隙間ができた。潤一郎はすかさず舌を滑りこませ、溜っていた結花里の唾液を絡めとった。それから、ゆっくりと舌を動かし、歯茎や唇の裏を辿りはじめた。

抱かれたくないと思っていた結花里だが、潤一郎のキスは巧みで、たまに自分の指で慰めるときの快感とはちがう妖しい昂まりがずくずくと下腹部まで伝わってきた。拒もうとしてもジュンと溢れ出す蜜の感触に困惑し、結花里は太腿を硬く合わせようとした。その脚の間に潤一郎の躰が入りこもうとし、ゆかたの裾が開いて乱れた。

赤い半幅帯がしっかりと締まっているだけに、剥き出しになった乳房とあらわになった脚は、純情な結花里さえも淫らに見せた。喘ぎに合わせて乳房は激しく上下し、剥き出しの脚は潤一郎を押し退《の》けて何とか膝を合わせようと腰まで揺れ動いた。

まだ無駄な抗いをやめようとはしない結花里は、動くほどに淫らさを増した。それが潤一郎を獣に変えることに気づかず、ベッドでの男の獲物にふさわしい抵抗を続けていた。

潤一郎はしこった可愛い乳首を口に含んだ。

「あぁう……」

細い喉をのけぞらせた結花里の口元が悩ましげにひらいた。

「いや……いや……」

結花里は喘ぎながら鼻をすすった。眉間に寄った小さな皺が切なげで、桜色に染まっていく鼻は結花里をいつもより可憐に見せた。

店のママをしている千春には、望んでも決して見ることができない表情だ。

結花里に心を閉ざされていることで半ばやけになって千春を抱き、自己嫌悪に陥ることが少なくない潤一郎だが、こうして久しぶりに結花里を抱いていると、なんと虚しい時を過ごしてしまったのだと後悔の念がよぎった。

結花里と知り合った時点で、千春との関係にきっちりと終止符を打たなかったために、結果的に結花里の気持を踏みにじり、いっしょに暮らしていながら心の離れた夫婦になってしまった。何もかも自分が悪い……と、潤一郎は思っていた。

『俺は結花里を愛しているから結婚したんだ。結婚するのはおまえしかいないと思った。男というものは俺に限らず、誰でも女房以外の女に手を出すものさ。そして、そのたびに女房への愛を確信するものなんだ。もう別れる。別れようと思っていたんだ……』

千春のことが知られてしまったとき、なぜそんなことを口にしたのだろう……。愛しているから結婚したのは事実だ。千春と別れようと思っていたのも事実だ。結花里と知り合ったときから、千春との関係は断ち切ってしまいたかったのだ。

だが、どうして、男というものは誰でも妻以外の女に手を出すものだ、などと言ってしまったのか。結花里がほかの男を知らないうぶな女だけに、そう言えば諦めてくれると、どこかで甘く考えていたのかもしれない。

けれど、それなら、いっそう結婚前に千春のことを話してはっきりさせておくべきだった。そうすれば、千春がどんなにふたりの関係を結花里に告げようと、最後は千春の方が諦めるしかなかっただろう。

けれど、結花里の親に告げ口されたりしたら、だいじなひとり娘だけに結婚までこぎつけたかどうか疑問もあった。

千春のことが知れたとき、おまえを失いたくなかった。だから……と、正直に事実を話せばよかったのだ。その結果どうなったかわからないが、男がほかの女を抱くのは当然といったあのときの言葉より、まだしも結花里は救われただろう。

洟《はな》をすっている結花里の目尻から、雫《しずく》がつっと落ちていく。

潤一郎は初めて結花里を抱いたときのことを思い出した。破瓜《はか》の痛みに、結花里は今のように泣いていた。それは悦びの涙でもあったのだ。

だから、いま涙を流している結花里を見つめながら、それは幸せを意味しているのだと彼は思った。ひとつになったあの日のように、また結花里と心も躰もひとつになれるのではないかという気がした。

結花里にかぶさったままズボンとブリーフを取り、まだ妻の腰のあたりに少し絡まっているゆかたを、力を入れてふたつに割った。帯は邪魔だったが、裸にしてしまっては洋服やネグリジェのときと同じだ。今夜は乱れたゆかたの結花里を抱きたかった。

「いやよ……いや……」

理不尽に犯そうとしている潤一郎に、結花里は抗議の視線を向けていた。だが、潤一郎にとっては、涙に濡れた視線は男を誘う眼差しでしかなかった。

腰をくねらせ逃れようとする結花里の柔肉のあわいを指で確かめ、くつろげ、揉みしだいた。

「んくぅ……あう……」

指は秘裂に入りこみ、肉襞をなぞり、やさしく卑猥な動きで結花里を責めたてた。

「いや……やめて……やめ……て……あう……」

肩の横の両手の拳を握りしめ、結花里はいやいやをした。白い乳房が喘ぎ揺れた。

秘園の指を動かすたびに腰はピクッと持ち上がり、左右にくねくねと揺れては動き、太腿が潤一郎の躰をきゅっと挟んだ。腰の動きがとまっているときは、結花里は足指を天井に向け、鼠蹊部を突っ張っている。

潤一郎は指を出し、ぬるぬるした蜜を花びらや肉芽や莢にこすりつけた。

「ん……くっ……うくく……」

感じすぎて耐えられないのか、結花里は尻でずりあがろうとしはじめた。

肉芽を莢の上から揉みほぐした。

「あぁう!」

乳房がプルッと揺れてぐいっと浮き上がった。それと同時に、首が折れるほど大きく伸びきった。エクスタシーを迎えた瞬間の眉間の皺と白い歯の覗く口元……。一葉の写真のように一瞬時間がとまり、ふたたび動き出したとき、結花里の総身に数度の痙攣が走り抜けた。

藍地に薄紫やブルーの蝶をあしらったゆかたは乱れきって、ぞくりとするほど妖艶だった。潤一郎の肉茎はいきり立っていた。

絶頂を見届けた潤一郎は躰を移動し、はじめて秘園に顔を埋めた。久しぶりに見る結花里の花びらは充血し、肉芽は膨らんでいた。

ピンク色の粘膜を濡らしている銀色の蜜液を、彼はジュルッと音をさせて舌で掬《すく》いとった。

「うぅん……」

逃げようとする腰を両手でがっしりと押えながら、潤一郎は花芽や花びらを舐めまわし、唇で挟み、吸い上げた。

「あう！　くっ！　んくっ！　あっ！」

結花里は次々とクライマックスを迎え、そのたびに花蜜を噴きこぼし、バウンドした。口辺を蜜でぬめ光らせた潤一郎は、汗ばんだ躰を結花里に重ね、太い肉杭を媚肉の狭間に突き刺した。

「あぁ……」

ついに狭い秘裂を押し分けて入りこんできた夫の屹立に、結花里は息をとめた。とてつもなく太い異物に思えた。

今しがたまで首を振り立てていたため、結花里の髪はすっかりほつれ、頬や額や首筋に何本もの髪が汗でぴったり張りついていた。

久しぶりの妻の肉襞の感触を確かめるように、ゆっくりと抽送がはじまった。

子宮を突き破り、腸も上方に押しやって、肉柱はどこまでも深々と沈んでいくようだ。たっぷり溢れた蜜液のため、結花里に挿入されるときの痛みはなかった。だが、それでもまだ夫を受け入れる気持にはなれないでいた。

気持と裏腹に幾度もエクスタシーを迎えてしまった女の躰の脆《もろ》さを恨みながら、突かれ、揺れ、声を上げ、結花里は潤一郎の思いのままに蹂躙《じゅうりん》されていった。

3

コンビニエンスストアーの前の電話ボックスで額の汗を片手で拭いながら、弘樹はとうに暗記してしまった結花里の家の番号を押した。

いつもなら早くて二回、遅くとも五回もコール音を聞けば、はい、小菅です、という結花里の透き通った声が聞こえてくるのだが、十回以上コール音を数えても、誰も受話器を取る気配がなかった。

(早く出てきてよ……ボックスのなかはサウナみたいなんだからさ……)

あと一週間で夏休みだ。弘樹の高校も短縮授業に入っていた。

弘樹は三度も掛けなおした。

長く受話器を耳に当てていると、やってきた電話待ちのセールスマン風の男にいやな顔をされ、弘樹はやむなくボックスを出た。

(いないのかなァ……庭に出てるのかな……洗濯かもしれないな……暑いからシャワーでも浴びてるのかもしれないな……)

こんなことははじめてだ。

弘樹は家からも電話した。やはり誰も出てこない。

出かける予定があるときは、前もって言ってもらえるのだが、きのうはそんなようすはなかった。

ゆかた姿の結花里の色っぽさをきょうも見られるかもしれないと、弘樹はわくわくしていたので拍子抜けした。

きのう、あしたもゆかただったらいいな、と言うと、結花里は、じゃあ、そうするわ、と確かに言った。そして、笑顔で送ってくれたのだ。

それだけに、結花里は必ず屋敷のなかにいるはずだと、弘樹は執拗に掛け続けた。一時間以上そうやったあと、ついに結花里の家に直接出かけた。だが、インターフォンからの応答はなかった。

弘樹は引き返すと、結花里からの電話を待った。待つのが限界になると、こちらから掛けた。そして、ついにその日は連絡がつかないまま終わってしまった。

翌日も結花里は留守だった。

三日目も留守となると、弘樹は、本当にいないのだろうか、と疑うようになった。

(もしかして!)

それは、下着を盗んだことを知られてしまったのではないかということだった。

(ぼくが帰ったあと、下着がなくなっているのに気づいたんだ……だから、電話をかけても、家に行っても出てこないんだ……ぼくの顔を見るのもいやなんだ。声を聞くのもいやなんだ……)

三日も連絡がないのはそうとしか考えられない。そうでなければ電話ぐらい掛けてくれてもよさそうだ。

(結花里さんはあんなによくしてくれたのに、ぼくは結花里さんの下着を三回も盗んでしまったんだ……怒るのは当り前だ……ぼくは結花里さんを裏切ったんだ……)

哀しくて胸が痛くなった。

こっそりと隠れて覗き見る以外、もう二度と結花里に会えないのだと思うと、きのうまでの幸せが砕け散っていった。

「結花里さん……好きだったんだ……だからどうしても結花里さんのものが欲しかったんだ……」

毎日でも会えるようになっていながら下着を盗んでしまった欲深い自分に、ついに天罰が下ったのだと弘樹はしょげ返った。

母の泰子か叔母の千詠子に連絡されてしまうだろうか。これまで何の問題も起こさずに真面目に生きてきた弘樹だけに、それも憂鬱だった。

食のすすまない弘樹は泰子にどうしたのか尋ねられると、まだ結花里の下着を盗んだことは知られていないのだとわずかながらほっとし、夏バテのようだとこたえて部屋に引き籠った。

鍵を掛けて、結花里の二枚のパンティとブラジャーとスリップを出した。

これまでめくるめく快感を与えてくれたマスターベーションの道具であり、結花里と弘樹を限りなく近づけてくれた宝物だったが、今は逆に、結花里と自分を引き離すものになってしまった。

それでもそれを前にすると、結花里の甘やかな匂いや、自分に向けられたやさしい微笑、やわらかな響きの言葉の数々が甦り、弘樹を切なく昂ぶらせた。

「結花里さん……」

はらりと風に散っていく桜の花びらを想像させる淡いピンク色のシルクのスリップを頬に押しつけると、弘樹は胸がつまって涙が出そうになった。

（こんなことにならなかったとしても、どうせ結花里さんは結婚してるんだ。ほかの人の奥さんなんだ。どうにもならない人だったんだ……）

哀しさのなかで、弘樹は自分に言い聞かせようとした。

夏休みを目の前にして、きのうまでの弘樹は充実した四十日間を過ごせると幸福感に酔っていた。

たとえいつものように、父の仕事の都合で親子三人揃っての旅行が無理だとしても、そんなことに不満はなかった。

泰子とふたりきりで夏休みに一週間ぐらい旅行するのはいつものことで、外に出てばかりいる泰子は弘樹へのせめてもの償《つぐな》いと思っているのかもしれないが、一週間も結花里に会えなくなると思うと、そんな旅行には行きたくないと思った。

学校の授業に束縛されることなく、朝から夜までいつでも結花里の家に行けるのだ。結花里に会うための時間を二十四時間確保しておくことが、弘樹にとってもっとも重要なことに思えた。

それが、退屈な、いや、ただ退屈な方がどれだけ幸せかもしれない。一転して苦痛に満ちた四十日間になろうとしているのだ。

(どうしたらいいんだよ……四十日もの長い休みをどうやって過ごせというの……結花里さん、ぼくを許して……このままだと、きっと休みが終わるころには気が変になってるよ……結花里さん、何か言ってよ……)

結花里のインナーに触っていれば、いつも彼女は微笑し、やさしい言葉をかけながら射精まで導いてくれた。そのあと、またあしたね、と耳元で囁いて弘樹の翌日の幸せを約束してくれたのだ。

それが今は、あの笑みも囁きもなく、ただシルクのすべすべした感触があるだけだ。それも、これまで感じなかった冷やかな肌触りだ。弘樹は結花里から完全に拒絶されている孤独を感じた。

結花里から電話があったのは五日目のことだった。

最初に泰子がリビングの受話器を取って話し、二階の弘樹の電話に切り替えた。

「弘樹くん？」

自己嫌悪や虚しさや孤独感に苛《さいな》まれていたときだった。

思いもよらない電話に、血液が血管を突き破りそうな勢いで流れはじめた。

「結花里さん……」

「ごめんなさいね……連絡もしないで留守にしちゃって……」

元気のない声に、やっぱりあのことだと、不安に押し潰されそうになった。

「悪いけど、しばらく英語のお勉強はお休みさせてね」

やっぱりと、心のなかで何かがガタガタと音をたてて崩れていった。

「結花里さん……家にいたんだね……」

「いいえ、別荘に来てるの。しばらく東京には戻らないつもり。そのことでお母さまにはちょっとお話ししたわ」

泰子に話したと言われ、弘樹は目の前が真っ暗になった。

「しばらくひとりでいたいの」

結花里は怒ってはいない。むしろ、酷《ひど》く傷ついているのだろうと弘樹は感じた。

「もう、家庭教師してくれないんだね……」

「ここにいたんじゃできないでしょ？」

「どうしてはっきり言わないの……ほんとは何か言いたいことがあるんでしょ？」

「もう切るわよ。何も話したくないの。ひとりでもちゃんとお勉強するのよ」

「結花里さん！」

無情に電話が切れた。

（ぼくがいけないんだ……ぼくがいけなかったんだ……）

どうしてさっさと謝ってしまわなかったんだと自分を責めながら、弘樹は耐えきれずに涙ぐんだ。

ノックのあと、ノブをまわす音がした。

「弘樹ちゃん」

弘樹は慌てて涙を拭い、ベッドのパンティやスリップを布団の下に隠した。

泰子の声だ。

「弘樹ちゃん！」

「待ってよ、すぐあけるから」

わざわざ二階までやってきたのは結花里のことにちがいない。

「こんな時間にどうして鍵なんか掛けてるの。お風呂にだって入ってないじゃないの」

何かを嗅ぎとるように、泰子は部屋を見まわした。

布団をまくられれば結花里のインナーをもろに見られてしまう。やっぱりほんとうだったのね、となじられるようで、弘樹はびくびくしていた。

「せっかく夏休みは英語の特訓してもらおうと思っていたのに残念ね。聞いたでしょう」

「………」

「夏に弱くて、毎年別荘で過ごすことが多いんですってね。体調が悪いんじゃ、無理は言えないわね。お月謝だってタダみたいなものだし、妹の後輩ということで、好意で教えてもらっているようなものだもの。秋まで諦めなくちゃね」

弘樹はまじまじと泰子の顔を見つめた。

『下着なんか盗む子を出入りさせるわけにはいきません。そんな子の家庭教師なんて！』

結花里にはそう言われると思っていた。泰子にもそう告げられ、いくら放任主義の母親とはいえ、今度ばかりは酷く叱責するにちがいないと思っていた。

けれど結花里はそう言わなかったのだ。

（結花里さんは、ぼくがあんなことをしたというのに黙っていてくれたんだ……最後までぼくに恥をかかせないようにしてくれたんだ……）

それほどやさしかった結花里のものを盗んだ行為を、弘樹はまた後悔した。

受話器を置いた結花里は唇を嚙んでいた。

（弘樹くん、ごめんね……）

純粋な弘樹は何かを感じ取っている。あれほど楽しく過ごして別れたのに、翌日、不意にいなくなったのだ。鈍感な者にでも、何かがあったことは容易に察しがつくだろう。

『どうしてはっきり言わないの……ほんとは何か言いたいことがあるんでしょ？』

切羽詰ったような電話の向こうの弘樹の言葉に、結花里は息苦しさを感じた。

あんな無垢な少年に、夫婦間の冷めた関係を話すわけにはいかない。まして、あの夜のことなど言えるはずがなかった。

夫に別の愛人がいて、夫婦の間は冷えきっており、セックスなどほとんどないこと。しかし、半年ぶりに夫に一方的に蹂躙されてしまったこと……。

あの行為は蹂躙と言うのがふさわしいと結花里は思っていた。

潤一郎は精力的に結花里を抱き、自分の欲望を吐き出し、おおいに満足していた。最後まで解かれなかった帯と、乱れるだけ乱れきったゆかたと髪。精液の残滓《ざんし》……。久しぶりの抽送による摩擦に、行為が終わってもいつまでも異物が入りこんでいるように感じた秘芯……。

風呂から上がった潤一郎が寝息をたてている横で、結花里はいつまでも眠れなかった。ダブルベッドから身を起こした結花里はこっそり自分の部屋に入り、シングルのベッドに横になった。

（もういや……私はもうあの人を愛せないの……）

理不尽に抱いた夫も不潔なら、愛せない夫に抱かれて何度も昇りつめた自分も不潔な気がして結花里はいたたまれなかった。

『別荘にいます。しばらくひとりにしてください』

翌日夫を送り出したあと、そう置き手紙して家を出た。

最初の半日は不本意に潤一郎に抱かれてしまったことだけで頭のなかがいっぱいだったが、少し落ち着いてくると弘樹のことが心配になった。

突然いなくなったことを弘樹はどう思っているだろう。千詠子との関係もあり、その姉の泰子にも頼まれ、弘樹の英語の個人教授をやることになったというのに、前触れもなくいなくなってしまったのだ。

電話を掛けなくてはと何度も思った。そのたびに受話器を取った。しかし、とうとう掛けることができなかった。

不自然な行動を、高校生の弘樹にどう説明すればいいのかわからなかった。この時代には珍しいほど純情そうな少年だけに、何も言えない。

あの日、いつもと変わりない別れ方をしているだけに、差し障りない単純な作り話で弘樹を納得させることはできないように思われた。

しかし、これ以上黙って隠れているわけにはいかないと、ついに意を決して電話した。

電話を取ったのは泰子だった。弘樹が取るものと思っていたので面食らった。しかし、いきなり弘樹に取られる方が言葉に詰まったかもしれない。

一度しか会ったことのない泰子だけに、かえって嘘はつきやすかった。何も疑っていないとわかりほっとした。

次に弘樹に代わってもらったが、毎日のように会うようになっていただけに、泰子相手とちがい、簡単に嘘はつけないと感じた。

長く話すほど、詰問され追いつめられていくように感じた。純粋な心の目で何もかも見通されてしまう気がした。だから、

『どうしてはっきり言わないの……ほんとは何か言いたいことがあるんでしょ』

そう言われたとき、それ以上話を続けるのは苦痛で耐えられなかった。

『もう切るわよ。何も話したくないの。ひとりでもちゃんとお勉強するのよ』

そう言って一方的に切ってしまったが、弘樹の心中を思うと罪深いことをしてしまったようで、時間がたつほどにいたたまれなくなってくる。

「弘樹くん……ごめんなさいね」

潤一郎が弘樹の万分の一でも純粋だったらと、結花里は十六歳でしかない弘樹と夫をいつのまにか比べていた。

弘樹と出会って充実していた毎日。弘樹のために英語のプリントを作り、おやつを作り、鏡に映った自分の服を点検し、髪をとかして口紅を塗り直した日々……。

『叔母さんのパイもすごくおいしいけど、先生のパイの方がもっとおいしいみたいだな』

『とっても似合ってるよ……すごくきれいだ』

『あしたもゆかただったらいいな』

弘樹のはしゃいだ顔や赤くなった顔、楽しそうな声が浮かんでくる。

楽しそうな弘樹の姿を思い出すほど、今の結花里は辛かった。特に、最後の日にやってきた弘樹の言った言葉が、くるくると脳裏をまわった。

『きょうはあんまり勉強したくないんだ……ママはまた出かけてて留守だし、家にいるよりここの方がいいなって、それで来てしまったんだ……いけなかった？』

会社が自宅のようになっている多忙な父と、外に出ることの多い留守がちな母に、弘樹は淋しさを感じていたのだろう。だから、誰もいない家にいるより、結花里のところにやってくる方が楽しかったのだ。

（あんなに私を訪ねてくるのを楽しみにしてくれていたのに、きっと私は弘樹くんに、これまで以上の淋しさを味わわせることになってしまったのね……）

胸が痛んでなかなか寝つかれなかった。

こうなってしまった理由を考えているうちに、明け方、夫に対するある疑惑がふっと脳裏に浮かび、結花里は思わず半身を起こした。

（私を不安がらせるために、そして、いやでもあの人に依存するよう仕向けるために、私のインナーを隠してみたんじゃないかしら……）

今も結花里は弘樹を微塵も疑っていなかった。もしかして……などと思ったこともない。

（そうよ、きちんと戸締りしていたのに、私の部屋に外部から侵入できるはずがないわ。たとえ危険を冒して侵入したとしても、どうしてブラジャーとスリップだけなの……下着にしか興味がないとしても、それなら、もっとたくさん持っていくはずじゃないの……）

妻の気持など無視して、潤一郎は力ずくで一方的に自分を抱いたのだと思いこんでいるだけに、結花里はそんなことまで考えてしまった。

消えた二枚のショーツはともかくとして、あの日の下着のことを考えてみると、それがもっとも自然で受け入れやすかった。

結花里の部屋には潤一郎なら自由に出入りできる。客は一階のリビングにしか通さない。

弘樹は例外で二階に上げたが、まだあの部屋にいちども入っていないはずだった……。「離婚」の二文字が結花里の脳裏でくるくるとまわりはじめた。

第五章　叔母の誘惑

1

薔薇色の夏休みのはずが、一転して憂鬱で孤独なものとなってしまい、弘樹は気の遠くなるような四十日間をスタートさせなくてはならなかった。

(結花里さん、会いたいよ……あれからもう十日以上になるんだ……)

シルクのインナーを日に何度も取り出しては、抱き締めて匂いを嗅いだ。

こんなに苦しい思いははじめてだ。人を好きになるということは楽しいだけでなく、胸が痛くなるほど辛いものだということを、弘樹ははじめて体験していた。

叔母の千詠子が久々に弘樹の家にやってきたのは、夏休みが始まって三日目、七月もあと一週間で終わってしまうというときだった。

仕事が順調な千詠子は、会うたびに不思議なほど若々しくなり、美しく輝いてくる。

結花里に会うことがなかったら、弘樹はこの叔母だけに夢中になっていただろう。だが、ゴミ箱から拾った千詠子のストッキングはまだ箪笥にしまってあるものの、それでマスターベーションすることはなくなっていた。

久しぶりの、よりきれいになった叔母を見ると、弘樹ははっとした。けれど、前触れもなしに突然会えなくなった結花里への思いは強く、以前のようなときめきはなかった。

「どう、弘樹ちゃん、英語は上手になった？　私もここまで来たんだから、よかったら久しぶりに結花里さんに会いたいと思ってるの。電話して、あとで行ってみようかしら」

「それがね」

アイスコーヒーを出しながら、泰子は結花里が別荘に避暑に行っていることを話した。

「えっ、彼女が夏に弱い？　体調を崩してる？　本当？　ああ見えても躰は丈夫だったのよ……体質は変わるものらしいけど、まだそんな年じゃないと思うけど……」

千詠子は首をかしげた。

「ね、弘樹ちゃん、結花里さんは体調がよくないようだったの？」

「それが……気づかなかったんだ……」

じわっと全身に汗が噴き出すのを感じながら、弘樹は千詠子と視線を合わせるのを避けるため、アイスコーヒーを飲んだ。

「じゃあ、あの素敵な家には旦那さまがひとりってわけ？　たまには別荘もいいでしょうけど、あそこだって別荘みたいなものじゃないの。子供はいないし、家でゆっくりしていればいいのに。旦那さまの食事や洗濯はどうなってるのかしら」

別荘に電話でもしてみようかしら、と言った千詠子だが、弘樹も泰子も電話番号どころか、どこに別荘があるかも聞いていなかった。

「夜になったら自宅に電話して、旦那さまに番号を尋ねればいいわね」

その一言に弘樹はどきりとし、不安になった。

顔を合わせたことはない潤一郎だが、もしかして結花里は下着の一件を彼に話しているかもしれない。たとえ話していなくても、千詠子が別荘に電話すれば、結花里自身の口から盗みのことを聞くことになるだろう。

(叔母さんに知れたらママにも知られてしまう……)

急上昇していく不安の線は、四角いグラフをすぐにはみ出し、どこまでも上に向かって伸びていった。

「叔母さん……ぼくの部屋においでよ……結花里さんがつくってくれた英語のプリント見せてあげる……」

「そんなもの見せてどうするの」

泰子が笑った。

「いいじゃないか。叔母さんはめったに来ないんだから……ね、叔母さん、おいでよ。ぼくのために結花里さんはわざわざつくってくれたんだから……」

ここまで追いつめられては、自分から結花里が消えた理由を告白するしかない。

これ以上状況が悪化しないように、両親に知られないように、千詠子に何とか助けてもらいたい。ふたりきりにならなければと、弘樹は必死になった。

「ね、おばさん、たまにはぼくの部屋に来たっていいだろ」

「弘樹ちゃん、なに子供みたいなこと言ってるのよ。見せたいなら持ってくれば済むことじゃない。持ってらっしゃい。ママだって、たまには千詠ちゃんと話したいの」

「だけど……」

「見てあげる。見てあげるわよ、弘樹ちゃん。今夜はゆっくりできるから、姉さんとはあとで話せばいいわ。ずいぶん大人になったと思ってたのに、弘樹ちゃんはいつまでたっても赤ちゃんのままだわ。姉さん、赤ちゃんから片付けるわね」

椅子を下げて立ち上がった千詠子は、苦笑していた。

いつまでたっても赤ちゃんのままだと言われ、深く傷ついた弘樹だったが、千詠子とふたりきりになれることで、まずはほっとした。

「ママが部屋に入ろうとすると嫌な顔するし、鍵かけて出かけるのに、ずいぶんと差別するじゃないの」

泰子は呆れ顔でふたりを見送った。

部屋に入った弘樹は、気を紛らすために大声で叫びたい心境だった。

「さ、見せてちょうだい、結花里さんの手作りプリント」

弘樹の心境など知るはずもない千詠子は、笑い出しそうになっていた。

「ね、ママにはないしょにして。お願いだから、これから話すことは絶対に秘密にして」

こわばった顔のコチコチの弘樹に、千詠子は怪訝な顔をした。

「どうしたの、弘樹ちゃん？」

「ぼく……結花里さんの下着を盗んだんだ……結花里さんが好きだから、どうしても欲しかったんだ……それを知って、結花里さん、ぼくに裏切られたと思ったんだ。だからいなくなっちゃったんだ……ぼくの顔を見たくないんだ……」

はじめて他人に自分の罪を告白したことで、弘樹は胸のつかえが下りて涙ぐんだ。

「えっ……弘樹ちゃん……ほんと？　結花里さんの下着盗んだって本当なの……？」

意外な告白に千詠子は耳を疑った。

十五歳にしてはまだまだネンネだと思っていた甥が、人妻の下着を盗んだというのだ。

「結花里さんは奥さんだし……恋人にはできないから……だから、こっそり下着盗んだんだ……」

さすがにマスターベーションしていたとは言えなかった。

「つまり、結花里さんをオナペットにしてたってわけね？」

口にできなかったことを赤裸々に言われ、弘樹は真っ赤になってうつむいた。

「そうなの？　おっしゃい。正直に言わないとママに言いつけるわよ」

「言わないで！　ママには言わないでよ」

弘樹はすがった。

「じゃあ、正直におっしゃい。結花里さんの下着でオナニーしてたのね」

「うん……」

恥ずかしさに弘樹は死にたいくらいだった。

うぶな子供と思っていた弘樹が他人の下着で性欲を処理していたと知り、千詠子は結花里に嫉妬を覚えた。自分をさしおいて何故……という気持があった。

「何を盗んだの。全部おっしゃい」

「パンティ二枚とブラジャーとスリップ……ストロー……でもストローは捨てるものだったんだ……」

「ストロー？　何なの、それ」

「結花里さんがジュース飲むときに使ったストロー……」

　呆れたというように、千詠子は溜息をついた。

「盗んだ下着、出してごらんなさい」

　泰子がやってきた場合を考え、弘樹は鍵を掛けた。それから、整理箪笥の下から二番目をあけ、四枚のインナーをベッドに載せた。

　高級なシルクのインナーは、品のいい美人の結花里にいかにもぴったりの感じだった。

「結花里さんは返せって言わなかったの？　それとも、弘樹ちゃんが返すのはいやだと言ったの？」

　千詠子の尋問は続いた。

　弘樹は最初のショーツを盗んだときのことから、ブラジャーとスリップを盗んだときのことまでを詳しく話した。

「だから、ずっとバレてないと思ってたんだ。だけど、部屋から新しいスリップなんか盗んだからバレちゃったんだと思うんだ……だから、次の日から連絡がつかなくなったんだ。五日目にやっと電話があって、別荘だと言うんだ。結花里さんはぼくが盗んだってことは、ひとこともママにもぼくにも言わなかった。だけど、ぼくにはわかるんだ。翌日、急にいなくなるなんて不自然じゃないか……」

「結花里さんはね、昔から真面目な人だったのよ。信じて勉強教えていた生徒から下着を盗まれていたと知ったら、そりゃあ、人いちばいショックを受けるわね……」

弘樹への脅しではなく、千詠子は本当にそう思った。

「何てことしてくれたの……私が結花里さんに弘樹ちゃんの個人教授を無理に頼んだようなものよ……」

インナーに目をやった千詠子は溜息をついた。

「叔母さん、ぼく、どうしたらいいの……」

洟をすすっている弘樹を見ると、私の信用は台無しよ、どうしてくれるの、と言いたいところだが、そんな言葉を出す前に可哀そうになってくる。

「どうしたらいいか、いっしょに考えましょう。どうしたら、結花里さんに許してもらえるか。困ったわねェ……」

ふたりはしばらく無言だった。

「弘樹ちゃん、何か冷たいものを持ってきてちょうだい。喉が渇いたわ」

弘樹もカラカラだった。

弘樹は走って階段を下りていった。

喉が渇いているのは嘘ではなかった。だが、飲物を待つだけのつもりが、千詠子はこの隙に整理ダンスを見たくなった。盗んだのは、目の前の四枚だけだろうかという疑問が不意に首をもたげた。

一番下をあけた。

「えっ……？」

弘樹のシャツの上に置かれているのは、どう見ても見覚えのあるストッキングだ。

ファッションプロデューサー郷原達也に会うとき、千詠子はたいていガーターベルトをつける。そのときのシルクのストッキングは、色ちがいの同じメーカーのものをつけることが多い。だから、すぐに自分と同じものだとわかった。

結花里も同じものを使っているのだろうかと最初は思った。だが、すぐに、結花里はガーターベルトをつけるようなタイプではないと感じた。

（そうだ……いつか伝線したストッキングをここで替えたことがあったわ。弘樹ちゃんがキッチンから見ていたわ……あのときかしら……？）

そのまま閉めてほかの段もあけてみたが、かき回して触ったことを気づかれるわけにもいかず、ほかには見つけられなかった。

ドアをあけて外を窺ったが、まだ弘樹は戻ってこない。

机の引出しも素早くあけてみた。三段目に伏せてある写真立があった。ひっくり返してみた。

サングラスをかけた白い水着の千詠子が笑っていた。オーストラリアを旅行したときのものだ。

結花里の下着を盗んだと告白されたときもショックだったが、自分の写真を盗まれていたと知ったショックはまたちがう意味で大きかった。

千詠子は階段の気配を感じ、慌てて写真を元に戻すと、乱れる鼓動を気にしながらベッドに腰を下ろした。

「ね、弘樹ちゃん、あした、私の家にこない？　ここじゃ、ママが気になってゆっくり話もできないんじゃない？　泊まってもいいのよ。そうよ、ママに言っておくから泊まりなさい」

「ママに何て言うの……」

弘樹は不安でならなかった。

「安心して。下着のことは絶対に言わないわ。怪しまれないようにあしたのことはうまく言ってあげる。すべてはあした。あしたまでに結花里さんに対してどうしたらいいかも考えておくわ。合鍵渡しておくから、先に行っててちょうだい。できるだけ早く帰るようにするから」

「叔母さんがいてくれてよかった……」

だが、まだ不安そうな弘樹だった。

リビングに下りた千詠子は、世間話しながらいつもと変わらぬ感じで泰子と話すようにつとめた。そして、明日の弘樹の外泊の許可をとった。珍しいわね、と言った泰子だが、それ以上の関心はないようだった。

千詠子はタクシーでマンションに戻る途中も戻ってからも、ひどく混乱していた。

捨てたはずのストッキングを弘樹が箪笥にしまっていたこと、旅行の写真を気づかないうちに抜いていたこと、それは今まで考えたこともない意外な事実だった。

(弘樹ちゃんは私に関心があったんだわ……知らなかった……)

いつまでも子供と思っていた甥の成長を、千詠子はようやく今になって気づいた。

(弘樹ちゃんが結花里さんの下着を盗んだのは、もしかして私のせいかもしれないわ)

欲求不満がつのっていたとき結花里を紹介された弘樹は、結果的に個人教授までしてもらうこととなり、身近になったぶん、結花里の方に気持を動かされるようになったのは不思議ではない。しかも、結花里は美人で性格もいい。

(結花里さんには悪かったけど、このままじゃ、弘樹ちゃんも可哀そうだわ……)

弘樹に泊まるように言ったときから、千詠子はずっとあることを考えていた。風呂からあがると、気に入りのインナーの入った簞笥をあけ、あれこれつけてみては鏡の前に立ち、そこに映った妖しい自分を見つめた。

来年三十歳になるとはいえ、現役モデルとしても通用するような均整のとれた躰をしている。

郷原達也のために買ったインナーは、どれもセクシーで、千詠子は我ながらうっとりした。千詠子は職業柄、着るものはアウターからインナーまで気を使う。人の目もあり、いいかげんな妥協はできない。

恋人であるファッションプロデューサーの郷原と会うとなるとなおさらだ。彼はいつも仕立てのいい服に身を包み、一分の隙もない。一見ラフに見えるスタイルのときも、憎いほど全体のバランスがとれている。

そんな一流同士の逢瀬《おうせ》となると、デザイナーとプロデューサーのちがいはあれ、互いに恋人であり、仲間であり、かつライバルでもあるという意識が強くなる。郷原とつき合うようになって、アウター以上にインナーに気を使うようになり、ついに簞笥いっぱいになったのだ。

無地のシンプルなものから豪華な刺繡《ししゅう》入りのもの、アウターでもおかしくないようなカラフルな模様の入ったもの、そして、秘密の匂いを漂わせているレザーやエナメルのものまで揃っていた。

(あの子、まだ童貞かしら？　誰かともう経験しているのかしら？……いいえ、きっとまだよね)

次々とインナーを着替えながら、千詠子は弘樹の不安そうな顔を思い出していた。

2

帰宅は九時ごろになるかもしれないと千詠子は言っていた。けれど、夕食が終わって家で待っているのも落ち着かず、合鍵を貸してもらっていることもあり、弘樹は早めに家を出て、七時過ぎには千詠子のマンションに着いた。

二LDKとはいえ、新宿に近い場所柄、十二階建の造りのいい建物は、今では億ションとなってしまった。

ほぼ一年ぶりに訪れ、弘樹は懐かしかった。

千詠子の部屋は七階の南向きだ。

このあたりはビルやマンションが多いが、南側は道路を挟んでちょうど公園になっており、昼間は十分に太陽の光が入ってくる。

リビングの明りをつけた弘樹はカーテンを閉め、久々の千詠子の部屋を興味深げに眺めた。

壁に飾ってあった油絵がなくなり、そこに千詠子と美人のモデルがいっしょに写っているモノクロの大きな写真が飾ってあった。

去年のコレクションのときのものだ。モデルは、むろん千詠子がデザインした服を着ているのだろう。まだ行ったことがないパリの匂いがすると思った。

ひとり暮らしだけにすっきりしているリビングには、背の低いセンターテーブルとソファーとイタリア製のサイドボードがあるだけで、できるだけ部屋を広く使いたいという千詠子らしい。

三十分もそこにいると退屈してきた。ほかの二つの洋室を覗くのは気が咎《とが》めるが、まだ千詠子は一時間は戻ってこないだろうと思うと、ちょっとだけいいか、という気になった。

千詠子は事務所を持っているが、やはりここにも仕事部屋はある。リビングの横の洋間には大きめのデスクがあって、デザインブックにウェストのキュッと締まったスーツが書きかけてあった。

仕事部屋はドアの外からちらりと覗いただけで十分だった。

弘樹が覗きたいのは寝室だった。

ダブルのベッドがあって、オリーブ・ブラウンの大きなドレッサーと、同じ色の揃いのワードローブと整理箪笥があるはずだ。

ベッドにはカバーが掛けてあり、ホテルのようにきちんとしているだろう。

弘樹はそっとノブをまわした。

「あ……」

ベッドに深紅のスリップやブラジャーが放ってあった。

暗いと思っていた部屋には明りがついており、ホテルのように整えられていると思っていたベッドのカバーは半分捲《まく》れ上がって乱れている。

薔薇のような血のような、見たこともない鮮やかすぎる真っ赤なインナーの色は、弘樹を仰天させた。強烈すぎてカッと頭に血がのぼり、鼻血が出そうだった。荒い鼻息が洩れた。

コクッと喉を鳴らしたあと寝室に入り、磁石に吸いつけられるようにインナーに近づいていった。

今朝、千詠子は慌ただしく出かけていったのだと弘樹は思った。だから、明りもつけっ放しで、ベッドも乱れ、下着まで放ってあるのだと。赤いインナーが放ってあるのは、赤い服を着るつもりが、結局、ほかの色にしたためだろう。

いつもきちんとしている千詠子がこれだけ慌てていたからには、たとえ少しぐらい置き場所が変わったとしてもわかるはずはないと、弘樹はためらわずにスリップを手に取った。

スリップの下に小さな赤い布が隠れていた。ショーツだった。ブラジャーとスリップと揃いの三点セットだ。

手に入れた結花里のインナーは、いかにも楚々とした白い色と淡いピンクだっただけに、真っ赤な千詠子の下着は、その色のように弘樹を燃え上がらせた。

ショーツの舟底を裏返しにして匂いを嗅いだ。身につけてすぐに脱いだのだろう。赤いショーツには期待していた体臭はなく、昂ぶっていた弘樹を少々落胆させた。

「叔母さん……これをつけて見せてよ……」

結花里の個人教授を受けるようになってすっかり影をひそめていた千詠子への思いが、激流のように溢れ出した。

ペニスがジーンズを押した。

「叔母さん！」

ドレッサーからティッシュボックスを取った弘樹はベッドに横になり、トランクスとジーンズをいっしょに引き下げた。

深紅のブラジャーは太腿に、スリップは胸に置いた。それを汚さないように、硬くなっているペニスの先にティッシュを多めにかぶせた。

ショーツを顔につけ、千詠子が真っ赤なインナーをつけている姿を想像しながら、ペニスをしごいた。まだ見たことのない〝女〟は、弘樹の脳裏でつかみどころのない形の毒々しい赤い色をしたものとして迫ってきた。

「叔母さん、赤い下着が似合うね……あう……こんなに似合うとは思わなかった。セクシーだよ。水着より素敵だ……パンティまで真っ赤だなんて……ああ、叔母さん、脱いでよ……そう、そうだよ……そこをそんなに広げて見せてくれるの？　見たかったんだ」

赤いスリップをつけたままパンティだけ脱いで、裂けるほど脚をひらいている千詠子は強烈だった。そんな千詠子を想像したのははじめてだ。クライマックスを長引かせることなどできない興奮だった。

左手のショーツを顔の横で握り締め、右手でペニスをしごきたてる弘樹は、ウッと息をとめ、右手の動きもとめた。

呆気ないほど短時間で射精した。

腰の痙攣が、足先と上半身に分かれて広がっていった。

汗でべとついた躰にひととき気怠さを感じたが、我にかえって慌ててペニスを拭いた。

赤いインナーを、記憶に頼ってもとのように置いた。

（こんな感じだったよな……少しぐらいちがったってわかりっこないだろうけど……）

できるなら、まだそこにいたかった。インナーの感触を確かめていたかった。だが、千詠子が戻ってきたとき、こんなところにいるのを見られたら、今度こそすっかり信用をなくしてしまう。

弘樹は精液にまみれたティッシュを持って寝室を出ると、ゴミ箱に捨てるような危険なことはせず、持ってきたパジャマの間に、さらに新しいティッシュでくるんで置いた。

赤い色に、まだ目がチカチカしていた。

結花里のことを相談にきたつもりが、千詠子のインナーで早々にマスターベーションしてしまったことで、ここにくるまで脳裏を占めていた結花里の姿が淡くなり、千詠子の存在の方がクローズアップされてきた。

「叔母さん……」

モデルといっしょに笑っているモノクロの写真を見ていると、また寝室に行きたくなった。

結花里の部屋に下着の詰まった引出しがあったように、ここの寝室には千詠子の服だけでなく、下着もたくさんあるだろう。

（見るだけでいい……触らないから……いや、だめだ……もうそんなことしちゃ……叔母さんはぼくのこと考えてくれてるのに……）

欲望と抑制と、若い弘樹にとっては苦痛に満ちた迷いの時間だった。

（ちょっと見るだけならいいよね……）

あまりに強烈な赤を見せられただけに、弘樹の自制心もやがて限界になった。

時計を見て、まだ大丈夫だろうと寝室に行きかけたとき、玄関のあく音がした。

「！………」

弘樹はギョッとして慌ててソファーに座った。

センターテーブルに載っていた朝刊をひらいた。ひらくとき手が震えた。

「弘樹ちゃん、ごめんね……酔っちゃった……お腹すいてたのがいけなかったのね……ああ、気持悪い……パーティがあって……」

千詠子は黒のディナージャケットと、揃いのキャミソールドレスだ。

キャミソールドレスは膝上のミニタイトに見える。ぴったり躰にフィットしたジャケットの腰がキュッと引き締まって、大人の女の魅力に溢れていた。ショートヘアによく似合っている。

赤のインナーの次はセクシーで上品な黒……。弘樹は千詠子が眩しくてならなかった。

「弘樹ちゃん、お水……」

千詠子はフウッと大きな息を吐いてソファーに座った。そして、だるそうにすぐ目を閉じた。

酔っている千詠子を見るのははじめてだ。リビングに入ってきた千詠子を一目見たときはわからなかったが、酔っているという千詠子の言葉と目の前のようすで、そうなのだろうと思った。

弘樹が水を持ってきて差し出すと、コクコクと半分ほど飲んだ。

「泊まっていくのよね、弘樹ちゃん……ああ、目がまわるわ」

「大丈夫、叔母さん？　ぼく、帰ろうか……」

「何言ってるの。私を放って帰るつもり？　結花里さんの話もするんでしょ……」

「だって……叔母さん、きつそうだし……」

「そう、吐きそうよ」

千詠子はディナージャケットを脱いだ。

「ファスナー下ろして」

千詠子は躰をクネッと反転させ、弘樹に背中を向けた。くねくねしているのは酔っているせいだろうか……。

すでに肩が出ているキャミソールドレスに、弘樹の躰は火照った。

「早くして、弘樹ちゃん。ファスナーぐらいわかるでしょ」

肩ごしに視線の定かでないトロンとした目で見つめられると、弘樹の下半身がピクッと反応した。

「ああ。うん、待って……」

母の泰子が下着だけで立っていても何とも感じないが、これから千詠子の下着が見えると思うとやけに昂ぶって指が震え、なかなかファスナーはスムーズに下りなかった。

酔っているならアルコールの匂いがしそうだが、七色の花でも攪拌《かくはん》したような、甘いやさしい匂いが千詠子の全身から漂っていた。

ぱっくり開いたドレスの下から、肩紐なしのラメ入りの黒い下着が現れた。

弘樹はゴクンと喉を鳴らした。ペニスが完全に勃起した。

「ありがとう、弘樹ちゃん。シャワー浴びなくちゃ、汗をかいてるから気持悪いわ。酔いが冷めるかなァ……弘樹ちゃんはお風呂入った？」

千詠子は背中をあけたまま動こうとしなかった。

「まだだよ……だって叔母さんを待ってたんじゃないか……」

千詠子の下着ですでに一回マスターベーションしてしまったことと、今また勃起していることに恥ずかしさを感じながら、弘樹は股間を見られないように、さりげなく手で隠した。

「じゃ、先に入って。躰洗ってるうちにすぐにお湯はたまるわ。私、弘樹ちゃんのあとで入るから。ああ、気持悪いわね……胃薬も飲まなくちゃ……」

苦しそうにやたら大きく息を吐く千詠子に、弘樹はどうしたらいいんだと困惑した。

「弘樹ちゃん、早くお風呂に入ってらっしゃい。結花里さんのこと考えなくちゃ。そうでしょ……」

追い立てられるように弘樹は風呂に入った。

シャワーの音が聞こえてくると、千詠子はフフッと笑った。

（弘樹ちゃんったら勃起してたわ。本当に大人になっちゃったのね。そうよね、あと半月もしてお誕生日がきたら十六歳だもの……）

ファスナーのあいたキャミソールドレスが落ちないように胸のあたりを押えながら、千詠子は寝室に入った。

計画的に故意に明りをつけ、赤いインナーを散らして出かけたが、やはりインナーの場所が変わっている。弘樹が触ったのはすぐにわかった。

ティッシュボックスの位置さえずれているのがわかると、千詠子は苦笑した。

それだけ確かめた千詠子は、弘樹が上がってこないうちにと、またリビングのソファーに戻り、眠った振りをした。

弘樹はパジャマで出てきた。千詠子が黒いドレスのファスナーをあけたまま上半身を曲げてソファーで眠っているのに気づくと駆け寄った。

「叔母さん……こんなとこで寝ちゃだめだよ……叔母さん……」

反応がないので、弘樹は剝き出しの肩を揺すった。掌に電流のようなものが走った。

「叔母さん……」

「あ……お風呂だったわね……バスタブはいっぱいにしてくれた？」

目をあけた千詠子がとろりとした目で弘樹を見つめた。

「うん……」

「服脱ぐのも面倒ねェ……このまま入っちゃおうかしら……」

「そんなのだめだよ、叔母さん……しっかりしてよォ……」

困惑している弘樹を楽しみながら、千詠子は酔った振りを続けた。

「寝室に連れてってよ……わが家に着いたと思ったら、安心しちゃって腰がたたなくなっちゃった……」

千詠子は弘樹に抱えられるようにして寝室に入った。

「あらァ、朝、急いでたから目茶苦茶ね……」

赤いブラジャーをつまんだが、また落とした。それから、キャミソールドレスを押えていた手を胸から離した。

「あ！」

いきなりドレスが落ちたのも、下から想像していたのとちがう大胆なインナーが現れたことにも、弘樹には心臓がとまるほどの驚きだった。

千詠子を包んでいたのが肩紐なしのラメ入りのインナーというのはわかっていたが、それは、背中が編み上げ式になっているガーターベルト付ビスチェで、弘樹がはじめて見る大胆な下着だった。

皮膚のようにボディをきっちりと包んでいる黒いインナー。その黒とラメ入りというだけでも刺激的なのに、ガーターベルトまでついていて黒いストッキングを吊っているのを見ると、動転した弘樹のペニスはびんびんになり、心臓は飛び出す寸前というところだ。頭はボオッとして息苦しい。

「弘樹ちゃん、ガーターベルトはずしてちょうだいよ」

ベッドに腰掛けた千詠子は、右足を差し出し、眠そうな顔をした。

そんな叔母と裏腹に、弘樹の脳細胞は完全に覚醒した。

「ぼく……わかんないよ……」

「ほら、こうするの」

右足の一箇所を黒いガーターからはずしてみせた。

前とうしろ、二箇所ずつ吊ってあるので、左右合わせてあと三箇所だ。

「ほら、早くして。弘樹ちゃんって頼り甲斐がないわねェ」

秘園だけをかろうじて覆っている小さい黒いショーツが目の前でチラチラしているだけに、キャミソールドレスのファスナーを下ろすときより手が震えた。

ガーターベルトなど聞いたことがあるくらいで、どこか遠い世界のものと思っていた。どうやってとめてあるかも知らなかった。

「はずし方、見てたでしょ」

案外面倒で、弘樹はストッキングを破いてしまわないかと不安だった。

必死になればなるほど汗をかいてあたふたしてしまう弘樹が滑稽で、千詠子は思わず笑いそうになった。

何とか左前をはずした弘樹に、

「うしろもはずしてちょうだい」

千詠子は躰をくるりと反転し、尻を突き出すようにして上半身だけベッドに預けた。

逆三角形の黒い布は、くいっと突き出た白い臀部をほんのわずかしか覆っていない。尻の割れ目に食いこんでいる黒い布の淫猥さ。弘樹は生まれてこのかた、こんないやらしいものを見たのははじめてだった。誘惑していると言ったらいいのか、破廉恥だと言ったらいいのか。ともかく、そんなものを眺めたら最後、男はオスになるしかないのだ。

「お、叔母さん……」

喉がコクコク鳴って、言葉が震えた。

「それがはずれたら、ビスチェの編み上げのところをはずしてちょうだい。背中は面倒なの」

「叔母さん……」

「なァに？　早くお風呂に入りたいわ」

「ぼ、ぼく……」

もうだめだ、我慢できない。そう言うしかないと弘樹は思った。欲望を抑えつけ、我慢に我慢を重ねているだけに、心も躰も爆発寸前だ。

「お、叔母さん……ぼく……」

「だから、なァに？」

尻を突き出したまま千詠子は振り向いた。

ハァハァと息をしながら千詠子を見つめる弘樹の目は、女を抱き慣れた男に比べると可愛いが、若いオス獣の光を宿しているのもわかった。

（ふふ、そろそろ限界なの？　私の可愛いペットにしたくなっちゃった。どうせ赤ちゃんのときから触ってたんだもの。もっと早くから遊んであげればよかったわね……）

千詠子の写真やストッキングではもの足りず、とうとう結花里のインナーを盗んでオナニーしてしまった弘樹を想像すると、愛しくてならない。

「叔母さん……」

弘樹は次が言えずに泣きたくなった。

言いたいことはひとつしかない。けれど、どんな言葉が適当なのかわからない。「させて」なのか「見せて」なのか「したい」なのか、もっと別の言葉なのか……。

千詠子はベッドに預けていた半身を起こした。

「どうしたの？　あら……」

「あ！」

弘樹の股間に手を置いて勃起を確かめた千詠子に、彼は声をあげて息をとめた。

「大きくなってるわね。こんなことで興奮してるの？」

「だって！」

あとのことなど考えている余裕はなかった。ついに弘樹は千詠子にかぶさっていった。だが、キスの経験もない弘樹には、それからどうしたらいいかわからなかった。

千詠子を押し倒して、ただ体重を預けた格好になった。

「びっくりしたわ……いっぺんに酔いが醒めちゃった……」

上に乗っているため、くっつくほど近くから千詠子に見つめられることになった弘樹は、昂ぶっているものの、ばつが悪くなった。

パジャマごしにペニスは千詠子のショーツを押している。心臓はドクドクと音をたてている。鼻息も荒かった。どのひとつさえ、自分の意志で治めることはできそうにない。動くことができずに、弘樹はまた泣きたくなった。

そんな弘樹に、微笑した千詠子が軽く唇を押しあてた。

「！……………」

はじめて知るやわやわとしたあたたかい唇の感触に、弘樹の鼓動はさらに激しく打ちはじめた。カッと全身が火照り、大きくなっていたペニスがグイッグイッとさらに頭をもたげて動いた。

ただそっと押しつけただけのソフトキスにペニスが強烈な反応を起こすのを下腹に感じた千詠子は、内心苦笑しながら弘樹をますます可愛いと思った。

「キスははじめてなの？」

声を出せない弘樹はハァハァ息を吐きながら、かすかに頷いた。

「じゃあ、まだ童貞なのね」

また弘樹が頷いた。

「女の人としたいんでしょ？　いつもいやらしいことを考えながらマスターベーションしてたのね。結花里さんだけじゃなくて、私のこともオナペットにしたことあるんでしょ？　どうなの？」

額に玉の汗を浮かべている弘樹は、間近で見つめられながらこれ以上質問されるのに耐えきれず、自分から千詠子の唇を乱暴に塞いだ。ぐっと押しつけるだけ押しつけたあと、唇を闇雲に吸い上げた。

「あう……」

青臭い荒々しいキスに太刀打ちできず、千詠子はしばらく受身になっていた。

(何て凄い鼓動なの……ほんとに可愛い子……)

苦しくなって弘樹が顔を離したとき、千詠子は妖しい笑みを浮かべた。

「そんなキスもいいけど、大人のキスはどういうふうにするのか教えてあげる。力を抜いてじっとしてるのよ。何をされてもじっとよ。いいわね」

暗示にかかったように、弘樹は身じろぎしなかった。だが、鼓動は相変わらず激しく打ち続けていた。

うっとりするほどやわらかな唇が、ほんのかすかに触れた。それだけで弘樹の総身はズクンと快感に波打った。

上下の唇に触れるか触れないかという軽いタッチで、千詠子は唇を移動していった。まんべんなくソフトタッチしたあと、少し押しつけ、軽く唇を吸いあげた。

そのあと、千詠子の舌は弘樹の唇を割って押し入った。

「ぐ……」

弘樹の全身がびくりとした。

唇の裏側を舌がくすぐるようになぞっていく。歯茎を舌先でツンツンと押す。

「んぐ……」

内側の粘膜を舌でなぞられると、弘樹はジンジンしてたまらなくなった。ペニスがいつもの二倍にも三倍にも膨れあがっているような気がした。

息をとめると、千詠子の生あたたかい鼻息が弘樹の顔をくすぐった。

力を抜いてと言われても、弘樹はしっかりと上下の歯を合わせていた。歯列の手前の部分だけを千詠子はくすぐっていた。

「お、叔母さん……ぼく、我慢できないよ……」

「ふふ、ココがズクズクするの？」

紅潮して顔を上げた弘樹の股間に、千詠子は手を伸ばしてパジャマの上から軽くペニスをつかんだ。

「あう！」

「キスが済んでからよ。キスは挨拶だもの。慌てちゃだめ。力を抜いてって言ったでしょ。歯をくっつけてちゃ駄目じゃない。ちょっとだけ口をあけるの。いい？」

濡れたような千詠子の唇と目を見ると、弘樹はまた催眠術にかかったようになった。

唇がふたたび押しつけられ、歯をくぐり抜けた千詠子の舌が、舌の上だけでなく、側面や裏側まで舐めまわし、口蓋をなぞったりほっぺたを滑ったりしながら唾液を搦《から》め取っていった。

「むぐぐ……」

ぞくぞくと躰を突き抜けていく快感に弘樹が顔を離そうとすると、千詠子はその頭をぐいと抱き寄せ、逃すまいとする。

(駄目だ……ああ、もう我慢できないよ……叔母さん、許してよ……あああ……)

真っ赤な火の塊が弘樹の体奥を貫いた。

「うぐ！」

唇を塞がれたまま、弘樹はザーメンをトランクスに噴きこぼしていた。

ビクンビクンと痙攣する弘樹に、千詠子は彼が早々に昇りつめ、射精してしまったことを知った。

(イッちゃった……キスだけなのにもうイッちゃったよ……)

弘樹にとっては素晴らしいエクスタシーだったが、男として恥ずかしく、千詠子に顔向けできない気がした。

「キスだけでイッちゃったのね。下着汚れちゃったわね」

フッと笑った千詠子に、弘樹は惨めだった。

「弘樹ちゃんが赤ちゃんだったときオムツだって替えてあげてたのよ。ザーメンで下着汚したからってしょげることはないのよ。あとで洗ってあげるわ。その前に、私のストッキング脱がせてちょうだい。ビスチェもね」

千詠子のやさしい言葉に、弘樹は軽蔑されていないのを知ってほっとした。こんなにも千詠子がやさしいことに感激し、ますます心が傾いた。

ビスチェの背中の黒い紐を解いていくとき、弘樹はそんなインナーがあるのに感動し興奮しながら、どうやって千詠子は自分でこんな面倒なものをつけることができたのだろうと不思議だった。

今朝、故意に寝室の明りをつけたまま、真っ赤な下着をベッドに置いていったように、千詠子はどんな服とインナーで弘樹に接することにしようかと昨夜から考えていた。

そして、大人のムードで迫ろうと決めたのだ。このラメ入りのガーターベルト付編み上げ式のビスチェは、ファッションプロデューサーの郷原達也から喝采を浴びたフランス製の下着だった。

昨夜、互いに恋人と認めあっているものの、割り切ってつき合っている郷原に電話し、弘樹のことを話した。

『だから、甥を私が男にしてあげようと思ってるの。赤ちゃんのときから可愛がってたんだもの。こうなったら面倒見なくちゃってわけ』

『そう堂々と言われたんじゃ、どうしようもないな。甥っこに妬けるとは俺も本気で千詠子に惚れてるかな』

『まあ、酷い。今まで本気で惚れてるとは思ってなかったってわけ？』

『そう、怒るな。わかってるだろ』

『今度会ったら猫のように引っ掻いちゃうから。まあ、それはあとにして、甥を男にするんだから、儀式用の祭服として、とびっきりのインナーをつけたいの』

千詠子はそう言い、郷原の気に入りのインナーで、自分でも好きな大胆な黒い下着をつけたいから手伝って欲しいと頼んだ。背中の編み上げは自分で締めるのは無理だ。

そういうわけで、何とか時間をつくってもらうことになり、夕方、彼の前で着替えてきたのだ。

『俺にこんなセクシーな下着をつけさせておきながら、これからほかの男を誘惑しようというんだから、千詠子も冷酷な女だ』

『女はちょっと冷酷な方が魅力的じゃないの？』

千詠子は悪女を演じる小気味よさを感じた。

『忙しくなかったら、このまま押し倒すところだがな』

郷原はキスだけで潔《いさぎよ》く千詠子を放し、仕事の打ち合せ場所に向かった……。

「叔母さん、解けたよ……」

背中の弘樹が震えるような声で言った。

「ありがとう。じゃ、先にお風呂に入って、汚したペニスを洗ってらっしゃい」

（えっ……叔母さん、そんなのないよ……）

もう少しで千詠子の全裸を見られると思っていたが、背中を見ただけで弘樹は風呂に追いやられてしまった。

（焦らしすぎかしら……キスだけで射精させてしまったし……）

千詠子は肩をすくめてクスッと笑うとビスチェを脱ぎ捨て、わざわざ黒いネグリジェをつけて風呂に向かった。

未知の世界に一歩足を踏み入れた弘樹はシャワーどころではなく、一刻も早く寝室に戻りたいと、下半身だけ洗ってすでに出てくるところだった。

つるつるだった〝男〟のあたりに恥毛が生えているのをめざとく見つけた千詠子は、最後に弘樹を裸にして弄んでから、いかに長い月日がたってしまったのかを知った。

「まあ、またおっきくなってるじゃない。そのまま寝室で待ってるのよ」

弘樹は慌てて下腹を押えたが、肌の透けて見える悩殺的な千詠子の黒いネグリジェに、頭のなかはまた大パニックになった。

3

黒いネグリジェの裾を妖しくまくり、千詠子はベッドで脚をひらいた。

「見ていいのよ。はじめてなんでしょ」

赤いマニキュアの指で外側の陰唇をひらいた千詠子に、弘樹は卒倒しそうになった。

保健の時間に女の躰のしくみを習ったことはあるが、そこを想像しようにも、あまりにも素気ない医学的な断面図でしかなく、興奮の対象にもならなかった。

だが、恥毛に囲まれた目の前の〝女〟はグロテスクで生々しく、そのうえ妖しい美しさがあった。

マニキュアの指で千詠子が自ら秘園をくつろげているだけで、オスを呼び寄せる猥褻さに満ちている。

「写真で見たことくらいあるんじゃないの？　どうしたの？　近くで見ていいのよ。結花里さんのように英語を教えることはできないけど、弘樹ちゃんがまだ知らないことを教えてあげるわ」

白い二本の脚の間の濡れているピンクの粘膜は、千詠子がVにひらいている指のように、ぱっくり口をあけていた。

「このピラピラの花びらが小陰唇。その合わさってるところにあるのがおマメちゃん。クリトリスよ。それを包んでいるのがクリトリス包皮。ほら、こうやると可愛いおマメが顔を出して、よく見えるようになるでしょ」

千詠子が片手で包皮をクッと上にやると、小粒のパールが剝き出しになった。弘樹は今度こそ鼻血が出そうな気がした。

「女の躰のなかでいちばん感じるところよ。ここはやさしく愛さなくちゃだめよ。このちょっと下の目立たないここが尿道口。女のここはわかりにくいでしょ？　そして、ここが膣の入口。ペニスが入るのよ。赤ちゃんもここから出てくるの。すごいでしょ」

肩で激しく息する弘樹は、もう千詠子の説明を聞いている余裕などなかった。

帰宅したときから、千詠子は誘惑的だ。それからの時間を考えると、これ以上おとなしく聞けと言う方がまちがっている。それは拷問以上の苦痛だ。

「叔母さん！」

弘樹は千詠子を押し倒した。

（来たわね）

大胆過ぎる誘いに弘樹が我慢できるはずもなく、いつ行動を起こすかと待っていた千詠子は、熱い甥の躰を全身で受けとめた。

「叔母さん、好きだ！」

若さだけの勢いで弘樹は叔母の顔中に唇を押しつけた。

ビスチェをつけていた千詠子に重なったときとはちがう大きな乳房の弾力を、弘樹は胸に感じた。引出しに隠している千詠子の水着の写真を見るたびに、乳房のなかには真っ白いミルクがいっぱい詰まっているのではないかと思っていたが、ネグリジェごしの感覚とはいえ千詠子の乳房はとてつもなく大きくてやわらかく、やはりたっぷりのミルクで膨らんでいるような気がしてならなかった。

「あう……弘樹ちゃん、キスはもっとやさしくだったでしょ」

だが、弘樹がキスなどしている余裕のないことはわかる。いきなり行為に移りたいのを精いっぱい我慢しているのだ。

それがわかるだけに、千詠子は愛しかった。その愛しさで、大人同士のベッドインのときのような濃厚な前戯がなくても秘芯が濡れ、硬直の受け入れを可能にしていた。

まだ十時前だ。たっぷり時間はある。若い弘樹は初めてということもあり持続時間はないだろうが、この勢いさえあれば、今夜は何度でもセックスは可能だろう。

（まずは一度させてあげなくちゃ……）

なにしろ、弘樹はまだ童貞なのだ。

唇を塞がれたまま、千詠子は弘樹の手首を取って秘園に導いた。

むさぼるような弘樹のキスがやんだ。

（ここよ、弘樹ちゃん、私のだいじなところ……）

硬くなっている弘樹の腕が伸び、ついに指先がぬめりのある熱い秘園に着いた。

千詠子が指をVにしてひらいて見せた〝女〟の部分を思い出そうとしても、自分の指がどういうふうにどこにあるのか、弘樹は具体的に思い描くことはできなかった。

千詠子の手が弘樹の人さし指だけを取った。

第二関節を押され、指先が熱いぬかるみに入りこんでいったとき、弘樹はそこが未知の世界だと知った。血液がドクドク音をたてて流れ、血管が破れそうなほどだった。

第二関節からいったん離れた千詠子の手は弘樹の指の根元に移り、さらに秘裂に押しこんだ。

すっかり入りこんだ指を、千詠子の肉襞がきゅっと握りしめた。

「あ……」

顔を離した弘樹は声をあげた。目の前の千詠子は妖しい微笑をゆったりと浮かべている。秘芯を締め上げているという意識などないような余裕のある笑みだ。

一重瞼の結花里とちがうはっきりした大きな目。ほどよくカールした上下の長い睫毛。アイブロー・ペンシルなど使う必要のないゆるやかな曲線を描いている形のいい眉。妖しさと誘惑を秘めている唇。こんな近くから見ると、黒いネグリジェをつけているせいか、千詠子はやけに肉感的で淫靡で、これまで知っている叔母とちがう女のような気もした。

「どう？　ここが女の膣よ。ペニスが入るところ。ほら、動くでしょ」

「あっ……」

さらに強い締めに、弘樹の額から汗がしたたった。

（こんな狭いところにペニスが入るの……？）

やわらかい不思議な感触だ。ペニスが入るとどんなに気持がいいのかわかる。

「ふふ、また外で出ちゃうといけないわね。指じゃなくて弘樹ちゃんのペニスを入れなくちゃ」

言葉だけで弘樹はイキそうになった。千詠子がペニスを握った瞬間イッてしまうかと思った。

「ちゃんと硬いのね。小指みたいにちっちゃくてやわらかかったのに」

硬いペニスの手ごたえに千詠子は感動した。

このペニスが珍しく、興味深く、さんざんいじりまわしたのだ。最後は弘樹が小学一年生のときだった。十年も前のことだ。

弘樹も記憶にある六歳のときの千詠子の行為を思い出した。

「さあ、入れてちょうだい。弘樹ちゃんのペニスは立派な大人のものよ」

ふたたび千詠子の手に導かれ、ペニスは秘花の入口に辿り着いた。

「濡れてるでしょ。ラブジュースよ。弘樹ちゃんを受け入れるために準備ができてるって印なの。自分で入ってきて」

「叔母さん！」

弘樹はぐいと腰を近づけた。

「あう……」

「あぁ……叔母さん……」

やわやわとした熱い肉襞が、ペニスをのみこんでいった。

「ああ、弘樹ちゃん、いっぱいに入ってるわ。ステキよ」

千詠子はうっとりと弘樹の髪を撫でまわした。

「気持いいよ、叔母さん……泣きたくなっちゃうよ……」

快感と感激に、弘樹は千詠子を強く抱き締めた。このままで射精してしまいそうだ。少しでも動くとすぐにイッてしまうだろう。

「童貞卒業ね」

ソフトキスされ、弘樹はこれまでの人生で最高の幸せを味わっていた。

「さあ、これからどうするの？　弘樹ちゃんが動かないなら私が動いちゃうわよ」

下から千詠子は腰を突き出した。

「あう！」

唇をゆるめ、千詠子は腰を上下させたりくねっとまわしたりした。そうしながら、肉襞を締めたりゆるめたりして蠢《うごめ》かせた。

「あう！　だめだよ！　うっ！」

腰からズーンと迫り上がってくるものがあり、弘樹はたった十秒の千詠子の動きにも耐えきれず、子宮壺に向かってドピュッドピュッと勢いよくザーメンを迸らせた。強烈な快感の波だった。

精液が発射される感触をかすかに肉襞で感じ取った千詠子は動きをとめ、痙攣が治まるまで弘樹を抱き締めてやった。

今夜は最初から激しい鼓動を高鳴らせていた弘樹だが、いま千詠子の乳房に伝わってくる鼓動はあまりに大きく、不安になるほどだ。息も荒い。

（ぼくは叔母さんとセックスをした……ぼくはもう童貞じゃないんだ……）

男には女の破瓜のような変化はないが、弘樹は確かに自分が変わった気がした。

「弘樹ちゃん……大丈夫？」

ゆっくりと顔を上げた弘樹は、返事の代わりに上気した顔で恥ずかしげに頷いた。

「私のソコも拭いて」

ティッシュを渡して脚をひらいた千詠子に、弘樹の指先は震えた。そして、またたくまにまた勃起した。

「セックスすると、花びらもクリトリスも充血して膨らむの。さっきとちょっとちがうでしょ？」

そんなことを言われても、さっきも今も、そこを見ているようで見ていない。確かにはっきりと見たはずなのに、大パニックに陥っていると、再現しようとしても何故かぼんやりとした映像にしかならなかった。

「シャワー浴びたらひと眠りする？　朝までまだまだ時間はあるわ。弘樹ちゃん、いっしょにシャワー浴びましょう。ふふ、いつのまにかこんな毛まで生えちゃって」

玉袋とペニスをいっしょに掌に乗せて持ち上げられ緊張した弘樹だったが、マスターベーションを入れると短時間に三回射精しているだけに、勃起しているとはいえ、さっきのような勢いはなかった。

シャワーを浴びて寝室に戻ると、弘樹はさすがに疲れ果ててぐったりとなった。それでも肉体の疲労と裏腹に、いっそう目は冴えてくる。

ふたりとも裸で仰向けになっていた。

千詠子の豊かな乳房のまんなかで、甘い果実のようなピンクの乳首がつんと立っていた。そこから腹部にかけてのみずみずしい肌。ほかの女の裸体を見たことのない弘樹にも、それがただ若々しく引き締まっているだけでなく、大人の色っぽさに溢れているのがわかった。

小気味よくくびれた腰と光っているような漆黒の恥毛。あまりちぢれてはいない直毛に近い逆三角形の茂みだ。書店の店員を気にしながらヌード写真集を盗み見たことがあるが、写真誌で見たモデルの恥毛より濃いか薄いか、弘樹にはそれさえわからなかった。ただ、薄くはないのだけはわかる。それでも、濃いめなのか標準なのかは、ほかの女を知らないだけに判断できなかった。

すらりと伸びた長い脚。爪先には指のマニキュアと同じ赤いペディキュアが塗られていて、男の官能をくすぐる眺めだった。

惜しげもなく晒された千詠子の裸体を堂々と見られることが、まだ弘樹には信じられなかった。だから、千詠子とセックスしたのは現実だろうか妄想だろうかと、また考えてしまったほどだ。

「弘樹ちゃん、わかってると思うけど、ママに言っちゃだめよ。大変なことになるんだから」

「そのくらいわかってるよ……」

子供のように髪を撫でられながら、弘樹は幸せだった。

「叔母さん……ぼく、悪いことしちゃったの？」

「そんなことないわ。弘樹ちゃんのこと、生まれたときから可愛いと思ってたんだもの。それが、立派な大人になっちゃって」

「だけど……ぼく、すぐにイッちゃったし……」

「はじめはみんなそうよ。そのうちもっと持続できるようになるわ」

「叔母さんときょうだけなんていやだ。あしたもあさっても……ずっと叔母さんとこうやっていっしょにいたいよ」

今夜だけと言われたら哀しい。弘樹は切なそうに叔母を見つめた。

「ここのお部屋の鍵、持っていていいわ。でも、鍵のこと、ママにはないしょよ。毎日、電話に伝言を入れておくから、夕方までに聞いて、私に会えるかどうか確かめるのよ。それは弘樹ちゃんしか聞けない伝言よ。四桁の暗号を覚えておくのよ」

「叔母さん、ぼく、嬉しいよ」

弘樹は千詠子の乳房の間に顔を伏せた。

(ああ、何ていい匂いだろう。何て大きなオッパイだろう……)

両側からやさしく頬を押えつけてくるやわらかい乳房の感触は、今は興奮剤ではなく安定剤の役目を果たしていた。これからも千詠子と幸せな時間を過ごせるのだと思うと安心し、弘樹は乳房の匂いを嗅ぎながらうとうととした。

いつしか眠ってしまった弘樹は、やがて下腹部に異様な気配を感じて目が覚めた。

腰の横に腹這いになった千詠子が、ペニスを弄んでいた。ときどき玉袋さえ掌で揉みしだいている。

「！……」

またたくまに勃起した。

肉棒の変化に、千詠子が顔を上げた。

「ふふ、起きたの？　弘樹ちゃんが小さいころのことを思い出していじってみたくなったのよ。じっとしてていいのよ。気持よくしてあげるわ」

玉袋を揉みしだかれるとズンズンした。そうやりながらもう片方ではペニスをそっとしごかれるのだ。

「叔母さん……ぼく、すぐにイッちゃう……そんなことされたら……あう」

「すぐにイッていいのよ」

千詠子はぱっくりと肉棒を口に含み、根元まで顔を沈めていった。

「あう！」

まさかそんなことをされるなど思っていなかった。弘樹は息をとめた。

千詠子のやわやわした唇が肉根の側面を下から上へ。上から下へとゆっくりと移動した。

マスターベーションでは決して味わえない、その何十倍も何百倍も気持のいい感触だ。

（こんなことまでしてくれるなんて……なんて叔母さんはやさしいんだ……これがフェラチ

オなんだ……死にそうだよ……）

　この快感にどっぷり浸っていたい。射精を少しでも伸ばそうと、弘樹はキッと奥歯を噛みしめ、脚を突っ張って親指と第二指を擦りあわせた。

　フェラチオされているだけですぐそこに限界がきているというのに、玉袋を触っていた手が後方に移動し、アヌスの縁に辿り着いた。そして、やさしく菊皺を揉みしだきはじめた。

「あう！　叔母さん、だめだよ。ああ……そんなところ、汚いよ……叔母さん、お願いだからやめて……」

　アヌスを触られることなど考えたこともなかった。だが、あまりの快感に言葉さえ出なくなり、ただ短い声をあげるだけになった。

　菊皺を揉んでいた指が、するりと菊口に入りこんだ。

「あっ！」

　気が遠くなるような快感だった。指が入りこんだと同時に、弘樹は千詠子の口にザーメンを噴きこぼした。

　総身が激しく痙攣した。何が起こったのか、弘樹はすぐにはわからなかった。眩しい光が体奥を突き抜けていった。

　指が菊口から抜かれた。

「うぅん！」

また弘樹は痙攣した。

ペニスを唇でしごくようにしながら口から出した千詠子は、コクッと喉を鳴らして精液を飲みこんだ。

「おいしかったわ。弘樹ちゃんのザーメン」

微笑する千詠子に、弘樹はまたたまらなくなった。

「口でしてくれたんだね。そして、飲んでくれたんだね。ああ、叔母さん、ぼくは幸せだよ」

アヌスを触られた快感を口にするのは恥ずかしかった。

「叔母さん、好きだよ。ぼくにも口でさせて。叔母さんのそこにキスさせてよ。いいでしょ？」

返事を聞く前に、弘樹は千詠子の脚を割って躰を滑りこませていた。

秘芯が開くように、太腿をぐいと押し上げた。

（どこにキスするんだろう……）

いざキスしようとすると、男のものに比べて複雑怪奇な〝女〟だけに、弘樹は面喰らってしまった。

「最初は花びらにキスしてちょうだい」

「クリトリスの帽子にキスして」

「アヌスと膣の間、会陰《えいん》のところもいい気持なのよ」

「お小水が出るところもやさしく舌でつついて」

弘樹の心を見透かしたように、千詠子は次々と自分に快感をもたらすクンニリングスの方法を教えていった。

弘樹は言われるままに愛撫した。

「ああ、弘樹ちゃん、上手よ。初めてじゃないみたいに上手。そう、そうよ。それでいいの。やさしくよ」

愛撫すると透明な蜜液が溢れてくる。舐めると、わずかに塩辛かった。

(これが叔母さんのラブジュース……)

弘樹は言われるまま舌を動かしながら、蜜も味わった。ときどき、ペチャペチャと仔犬がミルクを飲むときのような音がした。

「ペニスの代わりにソコに指を入れてちょうだい。お口でクリトリスを触りながらよ。できる？」

指を入れるときは神経がそれに集中し、舌の動きがやんだ。指が感じたあたたかい肉襞の感触にうっとりした。

少しだけ指を抽送した。不器用にゆっくり抽送しながら肉芽を舐めた。

「ああ……いい気持……お口も指も上手……そうよ……」

恍惚とした千詠子の声に励《はげ》まされ、弘樹はもっともっと叔母を気持よくしてやりたいと思った。

包皮からパールピンクにキラキラと輝きながら顔を出している肉芽をチュッとやさしく吸い上げた。

「あう……」

逆三角形の翳りを乗せた腰が浮き上がった。

(叔母さん、気持いいんだ……感じてくれてるんだ……)

快感を与えられるのも悦びだが、与えることによって、それ以上の悦びを得ることができるのだと弘樹は知った。

蜜が驚くほどたくさん湧き出してくる。指を動かすたびにクチュッ、クチュッと、可愛い音がするようになった。

「あぁん……気持いい……あぁう……」

千詠子の声が艶《なま》めかしい。ときおり腰が妖しくくねった。伸びてきた千詠子の手が弘樹の頭を撫でまわしたりつかんだりした。腰が動くたびに乳房もゆさゆさと揺れた。

千詠子は顎を引いて弘樹の行為を眺めて興奮した。だが、次には首をのけぞらせて快感の声をあげて口をひらいてしまう。弘樹はときおりそんな千詠子を見つめては唇がぬらぬらと妖しげに光っているのにいっそう昂ぶり、夢中になって〝女〟を舐めまわし、指を動かした。

(最初からこんなに上手にできるとは思わなかったわ。ああ、何て気持がいいの……一生懸命してるのね……可愛い子……)

ときおり止まる指と不慣れな舌の動き。それでも思っていた以上の快感だ。エクスタシーが近づいている。弘樹の頭から手を放した千詠子は、両側から臀部にその手を差し入れ、クッションがわりにした。そして、さらに脚を広げた。

ぐいと秘園を突き出してきたと同時に卑猥に太腿を広げた千詠子に刺激され、弘樹は勃起に痛みを感じた。

「熱いわ……弘樹ちゃん、熱いの……来るわ……もうすぐ来るわ……」

舌で肉芽をペロペロと舐められたあと、包皮ごとチュッと吸いこまれたとき、クライマックスが訪れた。

「あぁう！」

鼠蹊部が突っ張り、千詠子の尻がトントンとベッドで跳ねた。首が大きくのけぞり、白い喉が伸びた。

顔を離した弘樹は、指が肉襞に締めつけられるのを息をとめて見守った。ヒクヒクと花裂が動いている。ぽってり膨らんだ花びらと肉芽が蜜で濡れ光っていた。

幾度かの激しい痙攣のあと、徐々に収縮が治まっていく。

そっと指を抜いた。

「あう！」

その瞬間、また千詠子の鼠蹊部が突っ張った。ぷるんと乳房が揺れた。

「素敵だったよ、叔母さん……」

豊満な乳房のまんなかでしこっているきれいな果実にキスしたあと、頬をすりつけた。水を浴びたような汗で濡れていた。

(叔母さんは世界一綺麗だ……)

目を閉じ、軽く口をひらいている千詠子には、成熟しきった女の妖しさが溢れている。

気怠いエクスタシーの余韻に包まれて、千詠子はそのまま眠りに落ちていった。

第六章　裏切りの肌

1

「で、相変わらず甥っ子との危ない関係は続いているってわけか」

千詠子との激しいセックスのあと、郷原達也は腹這いになって煙草に火をつけた。

「若いから元気なの。テクニックじゃあなたにかなうはずはないけど、回数はすごいのよ。会えば、必ず三回は挑んでくるの。もちろん、まだ時間は短いけど、徐々に長くなってるわ」

「俺に抱かれたあとで、よくしゃあしゃあと言えたもんだな」

「嫉妬してる？」

「当然だろ」

「ふふ、あなたらしくないわね。あなたは女という蜜壺のなかに浮かんでいるような人でしよ。その壺のなかで、たったひとりの男としてゆうゆうと泳いでいるようなものよ。二、三日前の週刊誌に、今度はモデルの恵ちゃんとのこと書かれてたみたいね。私とつき合いだして何人目かしら」

恋多き男として、ときには週刊誌に顔を出す郷原とのホテルでの逢瀬を、いまだに誰にも嗅ぎつけられていないのは奇跡のようなものだ。

「いちばん好きな女が若い男とベッドインしてるのを知って、自棄糞《やけくそ》になっているのさ」

「うまいこと言うわ。この遊び人」

千詠子は郷原の腕を抓《つね》った。

「痛っ！　俺はほんとに嫉妬してるんだぜ」

「嬉しい！　女殺しで有名なあなたに、嘘でもそんなこと言ってもらえるなんて」

「真面目に聞けよ」

吸いかけの煙草を早々にもみ消した郷原は、いつになく厳しい顔をして千詠子を見つめた。

「もうこんな関係はおしまいにしよう」

そんな言葉が郷原の口から出てくるとは予想もしていなかった。千詠子も笑いを消して彼を見つめた。

「本気なの？　信じられないわ……女に囲まれて生きてるようなあなたが、私が若い男とべッドインしてるくらいで嫉妬するなんて……いえ、これまでだって、何回かほかの人とそんなことがあったけど、それを話しても笑ってただけじゃない……」

「俺にも信じられないさ。たかが高校生の千詠子の甥っ子に対して心が乱れるとはな」

「そう……きょうで私達、おしまいってわけ？」

相性が合う相手だったが、結婚は考えていなかった。千詠子にはやはり仕事が第一だった。まわりの女達が、郷原と結婚したい、などと騒いでいても、千詠子は今の状態で十分だった。

郷原の方もそれで満足していると思っていた。お互いに干渉しないで、大人としてのつき合いをしていく。それは今後も、たとえば、彼が誰かと結婚するようなことになっても、そのあとも続いていくような気がしていた。

「ああ、おしまいだ。こんな端から見て他人の関係はおしまいにしよう。甥っ子じゃなく、そのうち大人の男に千詠子を盗られる気がしてきた。その前に、俺は千詠子と結婚する。決めた。俺は千詠子と同じ屋根の下に住んで、堂々と俺の女だと世間の奴らに宣言する」

「待ってよ……」

またもや意外な言葉が飛び出し、千詠子は耳を疑った。この好男子の天下の遊び人が、はっきりと結婚したいと言っているのだ。

「確かに今は夏で、例年にない猛暑が続いているわ。外にいると頭がおかしくなりそうよ。だけど、この部屋はクーラーが効いていて快適よ。もっとまともになってちょうだい」

「まともに言ってるんだ。おまえは俺と結婚するんだ」

「何よ、その命令口調。冗談じゃないわよ。私には仕事があるの。やっと芽が出て将来の展望が開けてきたというときに、ほんとに何を考えてるのよ。私の仕事を認めてるって言ってくれたじゃない。それに、結婚なんかするとろくなことはない、って言ったのはどこのどなた？　この大切なときに萌え出たばかりの芽を摘むことはないでしょ」

ほかの女なら飛び上がって喜ぶところだろうが、千詠子はそうではなかった。

「俺といっしょになるとどうして芽を摘むことになるんだ。きみの仕事は理解しているさ。ファッションデザイナーとファッションプロデューサー、これ以上の理解しあえる組み合せがあるもんか。互いに仕事第一。俺はきみに主婦なんて求めんさ」

好き合っている者同士というより、喧嘩相手のような口調で、しばらくふたりはやりあった。

「千詠子も案外わからずやだな」

「どっちがよ！」

「いいかげんに言うこと聞けよ！」

ついに郷原は話し合いに疲れ、千詠子を組み伏した。

「あう！　意見が通らないからって暴力はよしてよ」

千詠子は総身で起き上がろうとした。

「暴力なもんか。千詠子の躰に聞いてやろうってわけさ。メロメロにしてやる。朝までに百回のエクスタシーだ」

「何が百回よ。一回だってイクもんですか。うぐ……」

唇を塞がれた。息もできないほどの長すぎるディープキスに、千詠子の秘芯が濡れていった……。


郷原が部屋を出ていったのは、珍しく明け方だった。

（ほんとにメロメロよ。あんなにタフだったとはね……）

千詠子はとうとう一睡もできなかった。さんざん舐めまわされた乳房や花びらや肉芽がまだ熱っぽかった。

郷原は本気で弘樹に嫉妬しているわけではないだろうが、負けまいとするように、蓄えているエネルギーの全てを放出していった感じだ。

（ふふ、彼と結婚ね……そんなことになったら、世間はびっくり仰天だわ。まちがいなくワイドショーものね……」

おかしくて笑ってしまった。まだどうするかは決めていない。ただ、郷原が本気らしいということはわかった。

結婚生活のことを考えると、ふっと結花里のことが脳裏に浮かんだ。

弘樹を紹介した以上、叔母としてこのまま黙っているわけにはいかない。

弘樹がスリップとブラジャーを盗んで半月になろうとしている。弘樹も気にしているが、日がたつほどに連絡しにくくなり、結花里への罪の意識や不安を、千詠子との関係で忘れようとしているような面も窺える。

千詠子は八時前、少し早いと思ったが、ホテルを出る前にと、結花里の家に電話した。

男の声がした。結花里の夫の潤一郎だ。初めて話す相手だが、彼は千詠子のことを知っていた。

別荘に避暑に行っているという潤一郎の困惑した口調に、あれから半月もたっているのにと、千詠子は怪訝に思った。

「結花里さん、躰の具合いが悪いとか……」

「いえ……避暑です……この暑さですから……」

「じゃあ、おひとりで大変でしょう？」

「仕事が忙しくて、どうせ寝に帰るだけですから……」

「別荘の電話番号教えていただけますか」

すぐには返事に窮した潤一郎だが、千詠子に番号を教えたあと沈黙した。何か話したいことがあるようだと千詠子は感じた。

「事務所が銀座にありますの。お近くにいらっしゃることがあれば、ぜひお寄りください」

千詠子はそう言って事務所の番号を伝えて切ると、さっそく、結花里がいるという伊豆の別荘に電話した。

千詠子の声に、結花里が息をのんだのがわかった。

「元気？　弘樹ちゃんのことで迷惑かけちゃったわね……彼、気にしてるから許してあげてくれないかしら」

「許すなんて……急にこちらに来てしまって、弘樹くんには悪いと思ってるの。あなたに悪いことしちゃったわね……毎日弘樹くんのことを考えては詫びてるの……」

「何言ってるの。教え子に下着盗まれたことがわかれば、真面目なあなただけに、どんなにショックだったかわかるわ。だけど、だからって、旦那さまを置いて二週間も別荘に籠るなんてちょっと大袈裟すぎない？　旦那さまは犠牲者よ。電話で何だか元気なかったみたいよ」

半月も帰宅しないとなると、潤一郎が困るだけでなく、弘樹も相当傷つくだろうと、千詠子は少々強い口調になった。

「待って……主人はそんなこと言ったの？　弘樹くんが下着盗んだなんて……」

「そんなこと旦那さまからは聞いてないわ。弘樹ちゃんが私に告白したの。急に結花里さんがいなくなったのはぼくのせいだって、可哀そうなくらいしょげてたわ。好きだからつい盗ってしまったって。結花里さんのこと好きでしかたなかったのね」

千詠子は喋りながら溜息をついた。弘樹にそれを告白されたときに感じた結花里への嫉妬は、今はなかった。

弘樹に告白されたことで男にしてやることもできたし、今は二、三日に一度、若々しい甥とセックスを楽しむようになったのだ。

「あの子、純情なの。下着ドロなんかしたくせに何が純情だって呆れるかもしれないけど、年頃の男の子がしたことだもの。許してあげてよ。パンティ二枚とスリップとブラジャーですってね。私がうんと素敵なインナーをプレゼントするわ。それで許してあげて」

「待ってよ、千詠子さん……本当に弘樹くんが私の下着を？……知らなかったわ」

驚いている結花里のようすが受話器を通してわかった。

「えっ？　どういうことなの、結花里さん……」

弘樹の下着ドロのことを結花里が知らなかったということに、千詠子も驚いた。

「下着を隠したのは夫だとばかり勘ぐっていたわ……故意に何かを企んで……つまり、私を不安がらせて頼らせるためにそんなことをしたと思っていたの。だから、弘樹くんのことでここに来たんじゃないの。そのうち千詠子さんに聞いてもらいたいことがあるの……私達、ずっとうまくいってなかったの……主人にはほかに女性がいるの。私は愛されてないのよ……」

あの洋館には楽しい夢が詰まっているようだった。再会した日も、弘樹と訪れたあの日も、結花里は幸せそうに笑っていた。

「電話じゃ話したくないの。時間ができたら近いうちに会って……」

結花里はそう言って受話器を置いた。

三日後、千詠子に潤一郎から電話があった。ぜひ相談したいことがあると言う。

千詠子は翌日の夜、彼のために時間を空ける約束をした。

体格のいい小菅潤一郎は、結花里より十八歳年上の四十五歳というだけあって、いかにも頼り甲斐のある人物に見えた。

事務所まで来てほしいと言った千詠子に、潤一郎は時間通り、七時に訪れた。彼の事務所も同じ銀座にあるのがわかったからだ。だが、「小菅設計」は新橋寄り。千詠子の事務所は有楽町寄りなので、歩くと少し距離がある。

「急に人と会わなければならない用ができてしまったんです。ここで我慢していただけます？　狭いところですけど、一時間ばかりしかお会いできる時間がなくなってしまったものですから。本当に申し訳ございません」

ほかのスタッフを帰した千詠子は、潤一郎を応接室に招き、コーヒーを入れた。

「結花里さんとうまくいってなかったんですってね。今回はじめて知りましたわ。離婚のお話ですの？　結花里さんは性格もいいし、いい奥さまだと思っていたんですけど、何のご不満がおありで外に女性なんかをおつくりになったんです」

「不満なんてありませんよ……ただ、男として、あまり夫婦生活を拒まれると、誰でもいいから性欲の捌《は》け口が欲しくなる……私のせいでそうなったんでしょうが……実は……」

結花里と別れたくないために、結婚前からつき合っていたクラブのママと不本意な交際を続けることとなり、結局こんなことになってしまったのだと潤一郎は正直に話した。

「私がまちがっていた……はっきりさせておくべきだった。結花里を愛しているからこそ、どんなことがあってもきっちりけじめをつけておくべきだった……それが、結花里を放したくないために、結局は結花里を傷つけることになってしまって……」

結花里に拒絶されるたびに投げ遣りになり、傷口を広げるように、別れたくてしかたがない女と躰を合わせた……。その虚しさを、潤一郎は自嘲ぎみに話した。

結花里が出ていく前の日、てっきり結花里に誘われていると思って抱いてしまったが、それが大いなる勘違いであったらしいとも潤一郎は話した。

結花里からいかにも作り話めいた下着ドロのことを聞いたことがそのきっかけだったような話まで出て、千詠子は面食らった。

(つまり、弘樹ちゃんのせいでふたりは互いに勘違いしてこんなことになったんじゃない……この人は結花里を抱かなければと思った。でも、結花里はレイプされたようにさえ感じた。だから結花里は翌日出ていくことになった……ああ、なんてことなの……弘樹ちゃんが原因でこんなことに……)

それ以前から夫婦関係が冷めていたとはいえ、何とかしなければと千詠子は思った。

「あなたの気持はわかりました。結花里さんの先輩というより友人として、あなたの気持を伝えてみます。だって、結花里さん、あなたしか知らないようですし……バージンだったそうですね……だから余計にこのままじゃ彼女が可哀そうで」

潤一郎が帰ったあと、衝立《ついたて》の向こうから結花里が顔を出した。

「いろいろスレ違いがあったってわかったじゃないの。どうして彼が帰る前に出てこなかったの？　つまり、まだ許せないの？」

潤一郎が何を考えているのか、この際はっきりと知ったほうが今後のためにいいのではないかと、彼と会うのが決まったとき、千詠子は結花里を別荘から呼び寄せた。しかし、結花里は最後まで衝立の向こうに潜んで出てこなかったのだ。

「私といっしょに暮らしていながら、ほかの人を抱けるあの人がわからないわ……」

夏とはいえ結花里は別荘からあまり出ないのか、いっそう肌が白くなったようで、薄い化粧の顔は透けるようだった。

「全員がそうとは限らないけど、男の生理だと思えばいいわ」

「そんなの、理解できないわ……」

色白の顔が哀しげに歪んだ。女の千詠子から見ても抱き締めたいような危なげな脆さを秘めていた。

「あなたもほかの人に抱かれてみればいいわ」

「そんな……」

困惑の表情を浮かべ、結花里は目を見ひらいた。

「結花里さんは彼しか知らないから、余計に不倫を許せないんだわ。でも、夫婦なのにセックスを拒否してきたあなたにも罪はあると思うわ。誰かに抱かれてみることね。自分も罪の意識を持って、おあいこにしてあげたら？」

乱暴な論理だと思ったが、真面目すぎる結花里だけに、この辺でちょっと荒療治を試みた方がいいかもしれないと千詠子は思った。

「私がつき合っている男性を提供してもいいのよ。落胆はさせないわ。なかなかテクニシャンなのよ」

千詠子は郷原の顔を浮かべていた。

「そんな……そんなこと……」

顔を覆った結花里は、取り乱したようすで事務所を出ていった。

（やっぱり、酷いことを言っちゃったかしら……）

千詠子は肩を竦めた。

2

緑の屋根に白い壁。一見ペンション風の南向きの別荘には太陽の光が降り注ぎ、開け放された窓からかすかに海の香りがする風が入ってくる。

結花里が避暑をしていることになっている伊豆の別荘を訪れることになるなど、一昨日までの弘樹には予想もできなかった。

結花里からの電話があったとき、泰子がいないのは幸いだった。

『夏休みの宿題はすすんでるの？』

『結花里さん……ぼく、あんなことして……怒ってるでしょ……家からなの？』

『まだ別荘よ。いいところなのよ。遊びにいらっしゃい。午前中に来て、夕方帰ればいいでしょう？』

久しぶりに結花里の声を聞いただけで、不意打ちにあったように仰天した弘樹は、意外と明るいその声と言葉に耳を疑った。

『案外わかりやすいところなの。きっと遊びに来てちょうだいよ』

結花里が下着ドロのことを許してくれたとしか考えられなかった。あれからずっと胸につかえていたものが引いていった。

弘樹は一カ月近くの間に何度も千詠子と躰を重ね、愛情はすっかり叔母に傾いていたが、結花里のやさしさや上品な美しさを思い出すたびに、甘美なひとときがあったことを切なく感じていた。

それだけに、今、目の前に白い木綿のブラウスとフレアースカートの結花里が笑っているのは夢のようだ。ときおり背中まである栗色の髪が風になびいた。

「白い服と白い別荘だね……ひとりじゃテニスできないね」

丸いテーブルに結花里と向き合って座った弘樹は、ようやくそう言った。

「退屈してたの……来てくれてありがとう……」

洋館で弘樹を迎えていた結花里より、表情にも動作にも硬さがあった。

「弘樹くんがうちに来るようになって、毎日楽しかったわ……どんなお洋服を着ようかしら。どんなおやつを作っておこうかしらって……あんなに楽しい毎日はなかったわ」

意外な言葉を弘樹は身じろぎもせずに聞いていた。

(それをぼくがあんなことして……)

新たな後悔がよぎっていった。

「だから、あのときみたいに楽しく過ごしたいわ」

千詠子との日々が楽しく、結花里のことは忘れたつもりだったが、いざ前にすると、弘樹の胸に苦しいほどの思慕がこみあげてきた。

セックスを知ったことで、愛しているから結花里を抱きたい。ひとつになりたいと総身が疼いた。下着を盗んでいたとき、遠くから見つめることしかできない人だ……と思っていたが、その考えは大きく揺らいでいた。

(だめだ……ぼくを許してくれた結花里さんにそんなこと……だけど、だったら、下着を盗んだぼくをどうしてここに呼んだんだよ……）

ふたりきりになるのはわかっていたはずだ。

（何を考えてるんだ……結花里さんはあのことを、今までママにも言わずにいてくれたのに……）

過ぎようとしている夏の別荘でふたりきりだということは、男になった弘樹にとっては狂おしい誘惑だった。

「弘樹くんは私がここにいる間に十六歳になったのね。これからどんどん頼もしくなるわね……」

ぎごちない弘樹が結花里にはわかる。結花里もリラックスできなかった。潤一郎が帰ったあと、千詠子のオフィスで言われたことが、あれから絶えずくると結花里の脳裏をまわっていた。

『結花里さんは彼しか知らないから、余計に不倫が許せないんだわ。でも、夫婦なのにセックスを拒否してきたあなたにも罪はあると思うわ。誰かに抱かれてみることね。自分も罪の意識を持って、おあいこにしてあげたら？』

衝撃的な千詠子の言葉にオフィスを飛び出し、そのまま別荘まで戻ってきた。

これまで考えていたのとはちがった夫の愛人のこと。あの日、潤一郎は自分を抱くために下着を隠して不安を抱かせるような汚れた策を練ったと思ったが、犯人は思いがけない弘樹だったこと……。

そんなことがわかっても、夫の前に出て行くことができなかったのは何故だろう。結花里はずっとそれを考えていた。

（妻がいながら、夫が妻以外の女性を抱く気持ってどんなものかしら……）

そんなことも考えた。そして、やがて、

（夫がいながら、妻がほかの男性に抱かれるってどんな気持がするものかしら……）

はじめての思いがよぎった。千詠子が口にした不倫の匂いが漂った。

（そうすれば夫を許せるかしら……そうすれば新しい私に生まれ変われるかしら……）

離婚を言い出すこともできず、無為に過ごしている中途半端な毎日に、結花里は早くピリオドを打ちたかった。

「結花里さん……どうして東京に戻らないの……ぼくが近くに住んでるから？　でも、だったら、ここにぼくを呼んでくれたりしなかったよね……ぼくはあんな酷いことをしてしまったけど、許してくれてるんでしょ？　結花里さん、ほかに何かあったの？」

困惑した表情を浮かべた結花里は何か言いたそうにしていたが、ピンクの薄い口紅を塗った小さな唇を少し動かしただけで何も語らなかった。

「これ……」

弘樹は下着を入れた紙袋を、そっと白いテーブルに載せて結花里の方に押しやった。

「なァに？」

「結花里さんの……」

返すとなると惜しい気がしてならなかった。結花里との思い出に、できるならいつまでも身近に置いておきたかった。けれど、結花里に会うのなら、どうしても返さなくてはならないのだと言い聞かせた。昨夜、紙袋に入れるとき、切なくてちょっと涙が溢れた。

「ぼくが盗った……」

「えっ？」

「結花里さんの下着……全部入ってるから……」

恥ずかしさに爪先まで火照った。

結花里も白い頰をみるみるうちに上気させた。

「ごめんね、結花里さん……」

「いいの……そんなに欲しかったのならあげるわ……」

紙袋を押し戻した結花里が弘樹には信じられなかった。

「弘樹くん……いつもそんなことしてたの？　ほかの人のも盗ったことあるの？」

それほど疑われているとはショックだった。弘樹は深く傷ついた。千詠子のストッキングは捨てられたものだった。それを拾ってマスターベーションしたことに疚《やま》しさがないわけではないが、それは盗んだことにはならないはずだ。

「どうなの？」

「結花里さんのものだけだよ！　そんなふうに思われてたなんて！」

結花里の口から出た言葉の悔しさと哀しみに、弘樹は涙が出そうだった。

椅子を蹴るようにして立ち上がり、出口に向かった。

「待って！　待ってちょうだい！」

弘樹がドアをあけようとした寸前に、結花里は彼の腕をつかんだ。

「ぼくは泥棒だよ！　結花里さんの下着を三回も盗んだんだ！　洗濯機から二回。部屋から一回。だからきっと、ほかの人の下着だって盗んでるさ。そう言えばいいんだろう？　ぼくはいやらしいどうしようもない男なんだ！」

血が滲むほどきりきりと唇を嚙んだ。

「ごめんなさい、弘樹くん。傷つけるつもりはなかったの……確かめてみたかったの……ほんとうに私を好きかどうか……」

結花里の目が潤んでいた。すっと通った鼻筋は、わずかにピンクがかっている。千詠子とちがい、まだ少女のような初々しさの残っている結花里は、脆く壊れそうなガラスの人形を思わせた。弘樹ははっとして力を抜いた。

「好きだよ……ほんとは結花里さんを紹介されるずっと前から、ぼくは結花里さんを知ってたんだ……駅の近くで何回か会って、後をつけたこともあるよ。だから結花里さんの家だって知ってたんだ……きれいな人だっていつも思ってた……結花里さんにも叔母さんにもそのこと黙ってたけど……」

「弘樹くん……」

意外な告白に結花里は涙ぐみそうになった。

「結花里さん、触って……こんなになってる……」

弘樹は結花里の手を取り、勃起したペニスをズボンの上から触らせた。

息を飲んだ結花里だが、逃げようとはしなかった。

「結花里さんのなかに入りたがってる……」

「いらっしゃい……」

連れていかれた二階の寝室のダブルのベッドの真っ白いシーツは鮮やかすぎて、弘樹は目が眩んだ。

寝室に弘樹を入れたものの、まだ迷っている結花里は、ベッドに腰掛けてうつむいた。

「結花里さん、服、脱がせてあげる……」

床に跪いた弘樹がブラウスのボタンをはずしはじめても、結花里はじっとしていた。

拒まれていないのが弘樹にはわかった。まるで年下の女のようだ。けれど、真っ白いスリップが現れたとき、甘い香りがこぼれ出て、千詠子を抱くときと似た大人の女の匂いがした。

刺繍で縁どりされた、いかにも高価な感じのスリップだ。

震えるように腕を交差して胸のあたりを庇《かば》う結花里の仕草に、弘樹は誘惑的で大胆な千詠子とはまたちがった興奮を感じた。

肩先が細い。結花里の肌は雪のように白く、小さめの唇がかすかに震えて日本人形のようだ。栗色がかったやさしい波を描くボリュームのある髪は決して日本的ではないが、全体の雰囲気は、あのゆかたの結花里にはっとしたように、古風な日本の女という感じだ。

フレアースカートを脱がされた結花里は、そこまで弘樹に許しておきながら、下着だけの無防備な姿を晒していることに不安と迷いを感じた。

「手をどけてよ……スリップが脱げないから……」

「きょうだけよ……一度だけ……」

震えるピンクの唇がそう言った。

「一度だけ……だね……」

スリップをまくりあげるのは破廉恥なようで、弘樹は肩紐を細い肩から下ろし、腰の方に下げた。そうしておいて、刺繍入りのブラジャーのフロントホックをはずした。

「あっ……」

白磁のような乳房が現れ、弘樹は声をあげた。膨らみの中心の乳首は人妻にしては小さく、淡く色づいている。それを囲む大きめの桜の花びら色をした乳暈。これは、Dカップにしてはさほど大きくない乳暈を持つ千詠子とはちがって、乳房の割には大きかった。はじめてふたりの女のちがいを比べることができた弘樹は、結花里の新鮮さに感動した。

「綺麗だね……」

夫以外の男に裸体を晒し触られるのははじめてだ。弘樹がまだ高校生とはいえ、結花里は不安と羞恥に呼吸を速めた。

弘樹の手では包みきれない千詠子の乳房とちがい、椀型のやさしい形をした結花里の膨らみは弘樹の掌にほぼ収まった。こんなにやわらかいものがあるだろうかと驚くほどやわやわとしていた。頰をつけ、匂いを嗅ぎ、甘やかなやさしい香りにうっとりした。

結花里の鼓動はますます速くなってきた。鼓動が激しいほどにいっそう危うげに思えてくる。

乳首を口に含んでチュッと吸い上げた。

「あう！　だめ……だめ……」

いやいやをしながら一度は弘樹を押し戻そうとした結花里だったが、喘ぎながらそのままベッドに倒れていった。

『やさしく……やさしくよ……』

初めて千詠子を抱いたときに教わった言葉のように、弘樹は唇と舌でそっと愛らしい乳首を愛撫した。やわらかかった乳首はあっというまに硬くしこり、舌先にコリッと触れた。

「あう……弘樹くん……ああ、だめ……」

弘樹の舌のソフトなタッチと久しぶりの刺激に、結花里の全身はずくずくと疼いた。弘樹の肩をつかみ身をくねらせ、卵型の白い顎を突き出して喘いだ。

栗色の髪が扇のように広がって、ショートカットの千詠子とはまたちがった色っぽさがあった。弘樹はときどき顔を上げ、そんな結花里を見つめては満たされたものを感じ、また乳首への愛撫を続けた。

「あ……だめ……」

腰でとまっているスリップを太腿まで下ろしてショーツを触ると、しっとり湿っていた。

決して拒否しているふうではない、だめ、という喘ぎは、弘樹の耳に快かった。

（結花里さんは処女みたいだ。結花里さんは男に抱かれても、きっと一生処女なんだ）

千詠子とのセックスでは主導権を握られているが、まるで兎のような結花里を相手にしていると、だいじにやさしく扱ってやらなければという思いが強くなる。

顔を上げ、震えているような結花里の唇にそっと口づけた。ただされるままにじっとしている結花里の口中を、千詠子が最初したようにまんべんなく辿り、くすぐった。甘い唾液を搦め取って飲んだ。

「くっ……」

結花里の鼓動が弘樹の胸を叩いていた。餅のような乳房にじかに裸の胸を合わせたい。キスをしながら、弘樹はジーンズのジッパーを下げていった。

こんなことになるなど想像もできなかったが、家を出るとき、大好きな黒のTシャツを着て、トランクスは黒地に白い小さな水玉模様の入ったものにしてよかったと弘樹は思っていた。

「結花里さんもキスして……ぼくにキスしてよ」

透けるような瞼を閉じている結花里に言った。長い睫毛がかすかに揺れて、瞼の下で瞳が動くのがわかる。

コクッと細い喉が鳴り、ゆっくりと結花里は目をあけた。けれど、目の前にいる弘樹を見つめることができず、またすぐに目を閉じて小さく震えていた。

腰から上を晒されただけでこれだけ震えている結花里は、裸身を晒すことができるだろうか……。これ以上身につけたものを剝ぎ取ってしまうのは罪な気がした。だが、ここで終わりにするほど弘樹は我慢強くなかったし、結花里をどうしても愛したかった。

Tシャツとトランクスを脱ぎ捨てた弘樹は、結花里の白いショーツに手をやった。スリップやブラジャーと揃いの、刺繡で縁どりされた豪華なものだ。

びくりとした結花里は太腿と膝を硬く合わせ、ショーツを押えた。

ここまできていながら、結花里は初めての夫への裏切りに戦《おのの》いていた。

相手が一途《いちず》な弘樹だから許したい。弘樹が相手なら汚れずに自分を変えることができる。大胆に誘ってみよう……。そう思っていたが、寝室まで誘ったあとは怖じけづき、はるか年下の少年に対してさえ受身でいることしかできなかった。

戸惑いを見せるだけだと思っていた弘樹が、どこかしらぎごちなさを見せながらも、男として自分から動いていく。それが救いのように、結花里ははじめて潤一郎を知ったときのように、ただじっと身を横たえていた。

「手をどけてよ、結花里さん……」

いやいやをした結花里は、ショーツを押えたままくるりと俯せになった。

スリップが途中でとまっているものの、すらりとしているのがわかる脚と、ショーツをつけたままの臀部、くびれたウエストとなだらかな背中の線、美しい曲線を描く結花里の躰には染みひとつなく、溜息が出るほど美しかった。

千詠子にはない長い髪が背中の一部を隠している。それを左右に分けて、白い肉の描くやさしい線に感動の溜息をつきながら、弘樹は息をとめて結花里を見おろしていた。

手でショーツを押えている結花里をそのままにして、背中にキスの雨を降らせた。

「あぁん……あう……」

くすぐったさと痺《しび》れるような快感にくねっと身をよじる結花里は、喘ぎさえひそやかだった。白い肌がうっすらと汗ばみ、それにつれて桜色に染まっていく。徐々に熱くなっていく結花里の肌を、弘樹は唇に感じていた。

「あう……だめ……だめ……うくっ……」

不自然にショーツを押えていた結花里の手がいつしか離れ、肩の横でシーツをつかんで喘いでいた。まるで少女のような姿でときおりいやいやをする。そうかと思えば、快感を表して総身をたゆたうようにくねらせ、甘く喘ぎ、背を反らした。そのたびに肩甲骨が離れ、寄り合い、盛り上がっては落ちた。

髪をかきあげ、うなじに唇を這わせた。

「うぅん……」

結花里は顔を横に向けた。そのとき斜め上を向いた白い耳に、弘樹は迷わず息を吹きかけ、

「綺麗だ……好きだよ……」

そっと囁いた。そして、光を透かしているいかにもおいしそうな耳朶を甘咬みした。

「あは……」

結花里は顔を俯せた。

「逃げないで。もっと耳にキスさせて……」

「いや……いやよ……」

いやと言いながら、誘うような響きがあった。それでも、結花里は顔を横向けようとはしなかった。

諦めた弘樹は産毛さえないつるつるした脚を、スリップのとまっている太腿のあたりから指先に向かって舐めはじめた。むずがるように結花里の総身がくねった。

（全部見たい。もう見せてくれてもいいよね……）

結花里に抵抗されないように弘樹は唐突にショーツの縁に手をかけ、太腿のスリップごと脚の付け根まで引き下ろした。

「あ……」

尻の双丘が剝き出しになったとき、結花里はアヌスをすぼめ、双丘の谷間をわずかでもせ

ばめようとした。

（真っ白いつるつるのお尻……女の人ってどうしてこんなに綺麗なんだろう……叔母さんと結花里さんのように、みんな誰でもこんなに綺麗なんだろうか……）

結花里を包んでいたものがとうとうなくなってしまったことに、弘樹は興奮より先に感動を覚えた。

剝き出しになった恥ずかしい臀部を見られていることで、結花里は羞恥でいっぱいだった。隠してしまいたい。だが、仰向けになれば、たとえ秘園を手で覆っても、やがてその手はどけられ、恥毛や秘裂のあわいを見られてしまうことになるだろう。結花里は俯せの躰をいっそう強くシーツに押しつけた。

双丘の谷間。その奥にひっそりと息づいている秘菊のすぼまり……。硬く合わさっているほどに弘樹はその秘密の花を見たくなった。両手で双丘をぐいと左右にひらいた。

「あっ！」

驚いた結花里は息をとめ、びくっと全身を硬直させた。

結花里は臀部に精いっぱい力を入れている。それでも撫子《なでしこ》色の硬いすぼまりは弘樹の目に晒された。排泄器官には見えない愛らしいすぼまりは、楚々とした結花里にふさわしかった。

（叔母さんはぼくのアヌスを弄んだんだ……死ぬほど恥ずかしかった……だけど、信じられないほど気持よかった……）

弘樹は谷間に顔を埋め、千詠子にされたように硬くなっている菊皺と菊花を舌で触った。

「あう！　いや！　やめて！」

尻を浮かせた結花里は、想像もしなかった弘樹の行為に驚き、羞恥と屈辱を感じた。弘樹から逃れるために手でシーツを押した。

「あう！　だめ！　そんな、そんなこと！」

腕を伸ばして何かをつかもうと抗って、結局頼りになるようなものがないことを知った結花里は、腰や肩を使って必死にずり上がろうとしていた。そんな結花里の脚をがっしりとつかみ、弘樹は夢中になってすぼまりを舐め続けた。

「あぁう……お願い、やめて……そんなことしないで……」

逃れられないと知った結花里は、やがて力を抜いてすすり泣きはじめた。弘樹は慌てて顔をあげた。乱れきった髪が汗で濡れたうなじや背中にこびりついていた。

「泣かないで……いやなの？　気持よくないの……？」

千詠子からアヌスを愛されたときの気の遠くなりそうだった快感を知っているだけに、弘樹は泣いている結花里に尋ねた。

「そんな恥ずかしいところ、いや……そんな汚いところにキスしないで……」

「汚くなんてないよ……とっても可愛くて綺麗だよ……結花里さんの躰で汚いところなんてないよ……」

「あとで嫌われるわ……だからやめて……」

俯せている結花里は顔を覆ってしゃくりあげた。

どんなに恥ずかしいことか、千詠子にすぼまりを愛されたことがある弘樹だけによくわかる。結花里なら弘樹以上に羞恥を感じるだろう。弘樹さえ死ぬほど恥ずかしかったのだ。だから、しゃくりあげている結花里を理解できる気がした。理解できるがやめようとは思わなかった。むしろ、もっと結花里の恥ずかしがることをしたいと思った。

「好きだからキスしてるんだ……好きだからキスしたいんだ。さっきよりもっと好きになった……ほんとだよ。恥ずかしい？　だけど気持ちいいでしょう？　そんなに泣かないで気持ちいいって言ってよ」

弘樹はまた顔を埋めてぺろぺろと菊花を舐めた。

「いやいやいや……しないで……」

耐えきれずに双丘をくねらす結花里はなかなか泣きやまなかったが、硬かった菊皺も秘菊も、ほんの少しずつやわらかくなっていった。

「あぁう……うくっ……」

白い尻はくねり続けた。

「お尻あげてよ。ね、四つん這いになってよ。もっと可愛いココをよく見せて」

弘樹は腰をすくって持ち上げた。

「いや……」

だが、結花里にはもう拒む力がなかった。

唾液でまぶされたアヌスを、弘樹は指で揉みほぐしはじめた。

「ああ……はあぁ……」

「気持いい？　ほら、どう？」

「ずくずくする……いやいや……くっ……」

立てた膝がシーツに食いこんでいく。腰を振り首を振り立てる結花里は汗にまみれていった。

やわらかくなってきた菊花を指先に感じ、弘樹はそっと人さし指を菊口に挿入した。結花里にした行為にも拘らず、千詠子にされたときのようにズクンと感じ、弘樹のペニスはぐいっと持ち上がった。

「あう！　いやっ！」

首をのけぞらせた結花里が悲鳴を上げた。

「動かないで！　怪我をしちゃうよ。力を抜いて。もっと気持よくしてあげるから」

第一関節でとまっている指は、キュッとすぼまった菊口にそれ以上の挿入を拒まれていた。

「やめて、やめて、弘樹くん……指、いや……そんな恥ずかしいところに入れないで」

また結花里がすすり泣きはじめた。

持ち上がった尻を落とそうとしても弘樹の指に貫かれているため、そのままの姿勢を保っていることしかできない。

「じゃあ、仰向けになって脚をひらいてくれる？　隠さないでだいじなところをぼくに見せてくれる？」

「見せるわ。だから、指、いや……お尻いや」

「約束してくれるの？」

「約束するわ……だからやめて……」

「じゃあ、力を抜いてよ」

菊口がかすかにゆるんだとき、弘樹はずぶりと根元まで指を押しこんだ。

「ヒッ！」

気を抜いた瞬間の弘樹の裏切りに悲鳴をあげた結花里は、どっと汗を噴きこぼした。

「抜いてあげるからね」

弘樹は満足して指を抜くと、匂いを嗅いだ。オスを誘うエキスがたっぷりと振りかかっているようで、弘樹のペニスがまたグッと持ち上がった。

腰を落とした結花里は肩ごしに振り返り、弘樹の破廉恥な行為を目にして声をあげた。

「嫌い！　嫌いよ！」

顔を覆っていやいやと躰を揺すった。

「約束だから、脚をひらいてよ」

「いや！」

「お尻の穴まで見ちゃったんだ。もう恥ずかしがらないでよ。匂いも嗅いじゃったし」

破廉恥なことを口にすると弘樹はやけに興奮した。

「笑ってるのね……そうでしょ……嫌いになったくせに。私のそんなところを……そんなところを……酷い……」

潤一郎にもされたことがない行為だった。

「好きだ。好きだよ。嫌いな人にはそんなことできないよ」

結花里を押し倒した。

「あう！」

脚の間に割って入り、秘園を指でくつろげた。

千詠子よりずっと薄い恥毛がやさしく、ゼリー菓子のような透明感のあるピンクの花びらや肉芽、濡れ光っている媚肉の粘膜も初々しかった。

（結花里さん、もしかして処女じゃないのかな……）

人妻とわかっていても、ついそんなことを考えてしまった。

「綺麗だね。キスしてあげる。結花里さんの全部にキスしてあげる」

千詠子の秘園にキスするよりもっとやさしく、唇や舌を動かした。

最初こそ抵抗のそぶりを見せた結花里だったが、弘樹の愛撫に力をなくし、鼠蹊部を突っ張り、足指を擦りあわせ、乳房を浮かせて喘いだ。目を閉じ、口をあけ、スローモーションビデオのように頭を左右に、そして後ろへとゆったり動かす姿は、夢のなかを彷徨《さまよ》っているようだった。

「あ……あぁう！」

ゆったりと漂っているにしては、結花里は驚くほど早く気をやった。収縮する媚肉の割れ目から透明な蜜が豊富に溢れ出した。

エクスタシーが治まるのを見届けた弘樹は、痛いほど硬くなっているペニスで熱いぬかるみを貫いた。

「あぁう……」

小さな皺が結花里の眉間に刻まれ、弘樹を見つめる唇が小刻みに震えた。

「やっとひとつになれたんだね……」

弘樹は唇を合わせた。舌を動かすと、はじめて結花里の舌がこたえてきた。

「一度きりじゃないよね……？」

「一度だけ……」

「いやだ。一度きりじゃいやだ」

「少し遅れたけれど……十六歳のお誕生日のプレゼントよ……ね……だから……」

まだ恥じらいを消せないでいる結花里が掠れた声で言った。

（バースデイプレゼント……何て素敵なプレゼントなんだ。最高のプレゼントだ……）

一度きりという言葉も忘れ、悦びに満たされながら弘樹は腰を動かした。

すぐに抽送のスピードを増した。長持ちするようになったものの、まだ男になって一カ月にしかならない。しかも、憧れていた結花里と結ばれたことで、我慢に我慢を重ねてときおり動きをとめたりしたものの、五分ともたなかった。

「ううっ！」

蓄えていた力が一気に爆発したような衝撃とともに、精液が結花里の子宮に向かって飛び散った。

肉棒を包んでいる結花里の肉襞も、エクスタシーに幾度も痙攣した。

弘樹のいた数時間が嘘のように別荘は静まり返っていた。何度も抱かれた気怠い余韻が結花里の指先にまで残っていた。

『一度だけよ……』

繰り返す結花里に、

『一度じゃいやだ』

弘樹は駄々っ子のように繰り返していた。

鏡のなかにいつもとちがう結花里が映っていた。

「私、綺麗？　私、変わった？　私、生まれ変われる？　もうあの人を許せるかしら」

赤い唇を指でなぞりながら呟いた。

それからおもむろに受話器を取り、長く留守にした自宅に電話を入れた。

3

夏休みが終わって、弘樹はまた結花里の個人授業を受けるようになった。

別荘でのことがあって、結花里はますます綺麗になった。

『弘樹くんって恥ずかしがりやさんなのね』

かつてはそんなことを言っていたくせに、今では結花里の方が何かにつけ頰を赤らめることが多くなった。

アヌスを触られ、指まで入れられたことを、今もって恥ずかしがっているのがわかる。だから弘樹は、結花里を愛撫するとき、必ず四つん這いにさせて可愛い菊花のすぼまりを弄ぶのを忘れない。

指で触ったり、舐めまわしたり、指を入れてみたり……。あぁん……と喘ぐ声、鼻から洩れる切ない喘ぎを聞きながら、弘樹は、次はどんなことをして悦ばせてあげようかと思ってしまう。

結花里は夫婦の寝室には決して弘樹を入れようとしない。週に一度だけ結花里の部屋に入ることは許される。それ以外の日はまじめに英語の授業だ。やってきたときと帰るときの、挨拶としてのソフトキスだけしか結花里は許そうとしない。

『こんなになっちゃってるんだ……』

勃起を触らせても、結花里の意志は硬い。

『だめ？』

『そんなに無理を言うなら、もう英語の個人授業だってできなくなるわ……』

そう言われては力ずくで挑むわけにもいかない。

結花里の部屋に入れてもらえる日、ふたりで使うには少し狭く感じるシングルベッドで戯れることになる。

「ね……だめ？　結花里さんのなかに入りたいよ……」

もしかして、いいわよ、と言ってくれるかもしれないという期待を胸に、また弘樹はもの欲しそうに言ってみた。

「一度きりと言ったでしょ？　誕生日のプレゼントは一度きり……だから、指やお口でしてあげてるのよ……」

結花里が人妻で、結婚後はじめて不倫をしたのはわかっている。結花里にとっては、そのたった一度の行為がどんなに重いものだったかというのもわかる。だから弘樹は、あのたった一日に感謝しなくてはならないのだ。セックスそのものはできないけれど、こうやって週に一度、指や口で愛することができるのを幸せと思わなければならないのだ。

結花里も弘樹のペニスを口に含み、ザーメンさえ飲んでくれる。欲望をそうやって処理してくれるのを、やはり深く感謝しなければならないだろう。

フェラチオしてもらうとき、弘樹は半身を起こして背中をバックボードにつけ、結花里のしぐさを見つめるのが好きだ。

弘樹の脚の間で結花里は白い裸体を丸め、小さな唇に勃起したペニスを含んで顔を動かしている。

ときどき動きをとめては、ペニスを口にしたまま弘樹を上目遣いに見つめる。そんなときの結花里はやけに猥褻でいて純粋で、こんなに両極端の妖しく不思議な雰囲気を持った女性はいないだろうと思ってしまう。

結花里はかすかに汗ばみ、わずかに乱れた長い髪をゆさゆささせながら奉仕を続けた。薄いピンクのマニキュアを塗った白く細い指がペニスの根元を握りしめ、片手は玉袋を揉みしだいている。

「だんだん上手になってくるね、結花里さん……ああ、出ちゃいそうだよ……シックスナインでいっしょにいこうか」

結花里を下にして弘樹は上になった。

淡い茂みが恥ずかしそうに震えている。外側の花びらをくつろげると、結花里の腰がびくんとした。

「もうぐっしょり濡れてるじゃないか。ぼくのペニスを舐めながら洩らしちゃったわけじゃないよね」

「いや！　お洟らしなんかしないわ。嫌い！」

結花里は腰を振って身をよじり、恥ずかしさのあまり顔を覆った。

最近の弘樹は、結花里を恥ずかしがらせて快感を覚えるようになった。いや、と言いながら、結花里もけっこう感じているのがわかる。

「オシッコかどうか舐めてみたらわかるよね」

弘樹は白いすべすべの太腿を押えつけ、今にもしたたり落ちそうな秘裂の蜜液を舌で舐め取った。

「んんっ……」

莢から顔を出した小さな肉芽が、宝石のようにきらきらと輝いている。

「あれ、オシッコみたいな味がしたぞ」

「嘘！　嘘！」

弘樹を押し上げようと必死になっている結花里が可愛い。

「じゃあ、もっと舐めてみようか」

花びらをペロペロッと左右に舐めまわし、細長い包皮を肉芽ごとチュッと吸い上げ、またたっぷり溢れたくぼみの蜜を舌で掬い取った。

「ああっ……」

結花里はいつもすぐにイッてしまう。もうじきクライマックスを迎えるだろう。

「ぼくのまちがいだったみたいだ。オシッコじゃなくてラブジュースだったよ。ぼくのも食べて」

やわやわした生ぬるい唇が、ぱっくりとペニスを咥えこんだ。

「うぐ……」

「くっ……」

ふたりは下腹に感じる快感に耐えきれず、互いの秘所を愛撫しながらくぐもった声をあげた。そして、やがて激しく何度も痙攣した。

身を起こして弘樹と並んで横になった結花里は、自分から弘樹の唇にキスをした。

「気持よかったよ、結花里さん。セックスできたらもっといいんだけど……だけど結花里さんが駄目だと言うなら我慢するよ……」

まだ火照っている結花里の躰を抱き締めた。

(私が生まれ変われたのは弘樹くんのおかげよ。これまでのことが、あの別荘で、あの日に吹っ切れたの。生まれ変わるための儀式は一度だけしか許されないのよ……ありがとう、弘樹くん……)

弘樹に抱き締められながら、結花里はもういちど心のなかでそう言った。

マンションの鍵をあけると、黒いハイヒールがあった。

（叔母さんもう帰ってたのか……）

玄関に入っただけで興奮してしまった。

結花里と二股をかけているといううしろめたさがないわけではないが、結花里とは一度だけしかセックスはしていない。それからは指や口で愛し合っているだけだ。だから、許されるんじゃないかと思うことにしている。

リビングに千詠子がいた。

「何だよ、その格好！」

弘樹は仰天した。

脚を組んだ千詠子は、黒いレザーのオールインワンに身を包んでいた。超ハイレグに深くくられている腰の部分。今にも恥毛がはみ出しそうだ。ガーターベルトで吊った網目のストッキングも大胆だ。

「どう？　今夜はＳＭクラブの女王様よ。弘樹ちゃん、いらっしゃい。お尻ぺんぺんしてあげるわ」

「い、いやだよ……勘弁してよ、叔母さん……」

「隠しごとしてたからお仕置よ。さあ、いらっしゃい」

「隠しごとなんかしてないよ……」

「ふふ、結花里さんに聞いたのよ。どうして夏休みに別荘に行ったこと黙ってたの？　そこで何があったか言ってごらんなさい。結花里さんの言ったことと同じなら許してあげる。嘘をついたらお仕置よ」

昨日、自宅に戻って夫婦仲良くやっている、と結花里から報告があった。

『千詠子さんにだけ言っておきます。でも、誰にも言わないで……』

結花里は弘樹とセックスしたことを告白し、結果的に夫婦の救い主になった弘樹に感謝していること、その弘樹と会わせてくれた千詠子にも感謝していると言った。

『弘樹くんを道具に使ってしまったようで心が痛むけれど、好きだから許せたの。それだけはわかって。弄んだんじゃないの。その日限りセックスはしていないわ。私にとっては、一生に一度の儀式だったんですもの……弘樹くんにはお誕生日のプレゼントと言ってあるの。そのかわり、週に一度は弘樹くんと……』

結花里はそうやって、何もかも千詠子に告げた。

（弘樹ちゃんもやるじゃない……ついこないだまで童貞だったくせに……）

おかしいような嫉妬したいような千詠子だった。

郷原達也も結婚のことなど言い出すし、弘樹によってまわりが受けた影響は意外と大きい。

だが、千詠子にとっては、オムツを替え、小指の先のような小さなペニスを弄んだ弘樹だけに、やはりいつまでたっても可愛いネンネでしかない。

「さあ、どうしたの？　お仕置されたいの？　お尻が真っ赤になるまでスパンキングよ」

嗜虐の血が滾《たぎ》ってきた。やはり年下の男を虐《いじ》めるのは楽しい。

（私は前世ではきっと女豹《めひょう》だったんだわ）

千詠子はクッと笑った。

「結花里さんが言ったの？　なんて言ったの……まさかママには言ってないよね……」

玄関で早々に勃起していたペニスが、クニャリとやわらかくなってしまった。

「ママに言ったら大変でしょ。結花里さんは私の後輩としても、弘樹ちゃんを私の甥として紹介された責任からも告白したの。私に話すのは当然でしょ？　弘樹ちゃんも詳しく話してちょうだい」

「叔母さん……もしかして……ぼくとのことも話してしまったの？」

「あら、いけなかった？」

裏切っていたと思われそうで、もう結花里に会えないと弘樹はショックだった。

「何よ、その顔。そんなに落胆したの？　ふふ、嘘よ。ないしょにしてるわよ。これからも秘密にしてあげる」

とたんに弘樹はホッと息を吐いた。

「どんなふうに抱いたの？　それとも、結花里さんに主導権を握られたの？」

「そんなこと話すのは恥ずかしいよ……」

「つまり、いつも私としてるより恥ずかしいことをしたってわけ？」

千詠子にあっては、弘樹は尋問される無力な咎人《とがにん》といったところだ。

「そんなところに立ってないで、ここにお座りなさい。もう虐めないから」

誘惑的な唇をゆるめた千詠子は、オールインワンの胸部のジッパーを、乳房が見えるまで赤いマニキュアの指で下ろしていった。

やわらかくなったペニスがまたムクムクと膨らんできた。

結花里とはペッティングしかできない。それはそれで幸せな気分になれるが、そのぶん、千詠子に会ったときは倍の欲求になって燃えあがってしまう。

「叔母さん！」

駆け寄った弘樹は、女豹のジッパーを恥丘まで一気に引き下ろした。

窮屈なインナーから解放された結花里よりずっと濃い恥毛が、弘樹を誘うようにゆっくりと立ち上がってきた。

この作品は一九九二年十二月フランス書院より刊行された『叔母と高校生　初体験講座』を改題したものです。

GENTOSHA OUTLAW BUNKO

年上《としうえ》の女《ひと》

藍川京《あいかわきょう》

平成16年10月5日 初版発行
平成18年12月15日 3版発行
発行者――見城徹
発行所――株式会社幻冬舎
〒151-0051東京都渋谷区千駄ヶ谷4-9-7
電話 03(5411)6222(営業)
03(5411)6211(編集)
振替00120-8-767643
印刷・製本―図書印刷株式会社
装丁者――高橋雅之

幻冬舎アウトロー文庫

ISBN4-344-40581-1 C0193 O-39-13